TU NE SAIS
RIEN
DE L'AMOUR

Collection animée par Soazig Le Bail,
assistée de Charline Vanderpoorte.

ISBN 978-2-36474-926-9

Photographie de couverture : Wundervisuals By Gettyimages
Maquette intérieure : Bärbel Müllbacher

Loi n° 49-956 du 16 juillet 1949
sur les publications destinées à la jeunesse

MIKAËL OLLIVIER

TU NE SAIS RIEN DE L'AMOUR

ROMAN

EDITIONS
THIERRY
MAGNIER

Alternant les romans pour la jeunesse et pour les adultes, les scénarios pour la télévision et le cinéma, les polars, les comédies, les récits intimistes ou futuristes, Mikaël Ollivier, plus qu'écrivain, se dit raconteur d'histoires.

Littérature jeunesse

Ma vie dans un grille-pain, ill. Claire Franek, éd. Sarbacane, 2014.

Plus jamais sans elle, éd. Seuil Jeunesse, 2012.

Celui qui n'aimait pas lire, éd. de La Martinière Jeunesse (coll. Confessions), 2004.

Aux éditions Thierry Magnier

Le Monde dans la main (coll. Grand Roman), 2011. (Prix des collégiens de l'Hérault 2012. Prix des lycéens allemands, 2013.)

Sur un arbre perché (coll. Petite Poche), 2010.

Tsunami (coll. Petite Poche), 2009.

L'Alibi (coll. Roman), 2008.

Hier encore, mon père était mort (coll. Roman), 2006.

Le Grand Mystère (coll. Petite Poche), 2006.

Frères de sang (coll. Roman), 2006. (Prix Silure 2007 ; Prix Gavroche 2008 ; Prix de Sucy 2007 ; Prix Encre Noire 2006 à Caen ; Prix Roman Jeune 2004 à Laval ; Prix Fiction Noire 2004 ; Prix Romanphile 2004 ; Prix des collèges du Territoire de Belfort 2004 ; porté à l'écran.)

Sous le même signe (coll. Roman), 2005. (Prix Croque Livres 2007.)

Peau de lapin (coll. Petite Poche), 2004.

E-den (coll. Roman), avec Raymond Clarinard, 2004. (Prix de la NRP 2004 ; Prix du Festival du livre de jeunesse de Cherbourg-Octeville 2005 ; Prix Sésame 2005 ; Prix Livre d'Or des jeunes lecteurs valenciennois ; Prix du Printemps des lecteurs 2005 à Narbonne ; Prix Dunois 2005 ; Prix François-Rabelais 2005 ; Prix L'Été du livre à Metz 2005 ; Prix des lecteurs de Sablé-sur-Sarthe 2006 ; Prix des collégiens de Beauvaisie 2007.)

T'es un grand garçon maintenant (coll. Petite Poche), 2003.

Mange tes pâtes ! (coll. Petite Poche), 2003.

Star-crossed lovers (coll. Roman), 2003. (Prix du Roman miroir 2003 ; Prix J'ai lu J'élis 2004 ; Prix de la ville de Bruxelles 2004 ; Prix Farniente 2005.)

Vivement jeudi ! (coll. Petite Poche), 2002, (Prix Le Livre élu en Livradois-Forez 2004)

Tu sais quoi ? (coll. Roman), 2002. (Prix Festilivres 2003; Prix du Festival du livre de jeunesse de Cherbourg-Octeville 2003.)

La Vie, en gros (coll. Roman), 2001. (Dix-sept prix littéraires, dont le Prix des Incorruptibles 2002 ; porté à l'écran.)

Premier de la classe (album, avec Martin Veyron), 2001.

Papa est à la maison (coll. Roman), 2000. (Prix de l'Esterel 2001.)

Littérature générale

Apprendre à marcher aux enfants, éd. Le Passage, 2016. (Porté à l'écran.)

Quelque chose dans la nuit, éd. Le Passage, 2011.

La Promesse du feu, éd. Albin Michel, 2009.

Bruce Frederick Springsteen, avec Hugues Barrière, Le Castor Astral Éditeur, 2007 (édition réactualisée).

Noces de glace, éd. Albin Michel, 2006. (Porté à l'écran.)

L'Inhumaine Nuit des nuits, éd. Albin Michel, 2004. (Prix Polar derrière les murs 2006.)

La Fièvre bâtisseuse, éd. Thierry Magnier, 2003.

Trois souris aveugles, éd. Albin Michel, 2002, (Prix Polar 2003 ; porté à l'écran sous le titre *Une souris verte*.)

Le cliquetis. Régulier, de plus en plus fort.

Il approche.

Fuir est inutile. La peur me paralyse. Ce bruit de griffes sur le carrelage me tétanise. Je voudrais disparaître. Qu'il disparaisse. Je ferme les yeux.

Déjà je perçois son halètement.

Je sens la chaleur de son corps. De son souffle.

Il est sur moi.

Je voudrais crier, mais aucun son ne sort de ma bouche grande ouverte.

Je me réveille d'un coup, une aspiration brutale qui m'arrache au sommeil.

Je suis assis dans mon lit. Mes yeux s'habituent à l'obscurité du studio. J'entends la ville, dehors, qui bruisse encore, qui jamais ne s'arrête tout à fait. Un ressac urbain qui me rassure.

Je n'avais plus fait le rêve du chien noir depuis neuf ans.

Pourquoi cette nuit ? Pourquoi ce retour soudain d'un songe qui m'a terrifié une partie de mon enfance ?

Je n'ai pas peur aujourd'hui. Mon cœur ne cogne pas dans ma poitrine comme avant, quand je me retrouvais essoufflé et glacé de sueur au milieu de la nuit. Je suis simplement étonné.

Pourquoi le chien est-il revenu me voir en rêve ?

Je me lève, je vais boire un verre d'eau à l'évier. Je regarde Strasbourg depuis mon septième étage.

Je n'ai pas éteint mon ordinateur portable en me couchant. Je réanime l'écran d'une pichenette sur la souris. Un petit *1* rouge indique que j'ai reçu un message. Je jette un œil.

Maman.

C'est ma mère qui m'a écrit, elle qui n'aime pas ça, préférant de loin le téléphone.

Le message a pour titre : *Ce qu'il vous faut savoir.*

« Vous ? » Ma mère et moi ne nous vouvoyons pourtant pas !

Je m'assieds par terre devant la table basse et ouvre le message.

Pas un mot, mais une pièce jointe.

Décidément, cela ne ressemble pas aux façons de faire de ma mère. Cette lettre a des allures solennelles, presque officielles, qui m'intriguent.

Je clique sur l'entête du message et constate qu'il y a un autre destinataire en copie. Ou plutôt une autre.

Malina.

Je reste immobile un long moment. Cette fois, mon cœur s'est mis à cogner. La méfiance s'empare aussitôt de moi, plus instinctive que réfléchie.

Ce qu'il vous faut savoir ? Ce qu'il nous faut savoir, Malina et moi ?

Je me surprends à penser : « Quoi encore ? »

Qu'est-ce qu'il y a encore que je ne sais pas ? Je pensais avoir fait le tour des révélations depuis longtemps ! Depuis neuf ans. Et quoi, qui concerne Malina *et* moi ?

J'hésite à ouvrir la lettre maintenant. Demain, je suis de garde, j'ai besoin de mon comptant d'heures de sommeil… Et puis, je repense au rêve du chien noir : c'est comme s'il était venu m'avertir que j'avais reçu un message ! Un message du passé sur lequel il me faut, une fois encore, me pencher.

LES AMOUREUX

Malina est la plus belle fille qui soit. Ce n'est pas moi qui le dis, c'est tout le monde.

Moi je ne m'en rendais pas compte, puisqu'on se connaissait depuis toujours. Nous ne nous étions pas rencontrés, elle et moi, nous avions toujours été ensemble.

Le plus lointain souvenir que j'ai de Malina n'en est pas un. C'est une photo, prise par ma mère, que j'ai toujours connue, que j'ai vue et revue si souvent qu'elle s'est incrustée dans ma mémoire comme si j'avais moi-même appuyé sur le déclencheur.

Malina et moi avons à peu près deux ans. Silhouettes enfantines pataudes, debout de dos sur une plage, en léger contre-jour, nimbées d'un halo lumineux sur fond de mer qui scintille, nous nous tenons par la main.

Ma mère avait aussitôt intitulé ce cliché *Les Amoureux*.

Elle en avait fait deux agrandissements. Un pour sa chambre, l'autre pour offrir à Sandro, le père de Malina.

Les Amoureux est aussi devenu l'illustration de la couverture des albums photos que ma mère nous a consacrés, au fil des années. Malina et moi de deux à dix-sept ans. Il y a eu quatorze albums. Une pleine étagère du salon. Des milliers de clichés sélectionnés parmi les dizaines de milliers pris par ma mère qui ne cessait de nous mitrailler : Malina et Nicolas à la mer, Malina et Nicolas à la montagne, Nicolas et Malina au tennis, Malina embrasse Nicolas, Nicolas enlace Malina. Dans le jardin. À la boutique. Malina et Nicolas fêtent leurs cinq ans, leurs dix ans, leurs quinze ans... Le quinzième album était prêt : *Fiançailles Malina et Nicolas*. Mais il est resté vierge.

Sur toutes ces photos, ce reportage de mon enfance que j'ai adoré consulter un temps puis détesté une fois adolescent, je dois bien avouer que Malina est magnifique. N'importe qui se retrouve, un cliché sur deux, avec les yeux rouges, le front brillant de sueur, la bouche ouverte... Pas Malina. Elle est belle sans cesse, du matin au soir, et si je ne m'en apercevais pas sur le moment, j'en ai aujourd'hui le net souvenir.

Elle tient ça de ses parents.

Sandro, son père, est né à Trois-Bassins, sur l'île de la Réunion, d'un Noir et d'une Blanche originaire de la région de Chartres, en Eure-et-Loir. Métis, grand, brun et mince, il a hérité des yeux bleus de sa mère qui, mélangés à ceux couleur miel de la femme qu'il a épousée et dont les parents venaient d'Inde, ont donné chez Malina un étonnant vert et or.

Elle a aussi une peau fascinante. Pas tout à fait noire. Plutôt cuivre. Sombre mais étonnamment lumineuse, dégageant une sensation de rayonnement interne, doré, surtout l'été quand elle bronze et que l'on croirait voir apparaître à fleur d'épiderme un scintillement proche de celui du mica dans le sable fin d'une plage. Elle a les longs cheveux noirs et soyeux de Sajili, sa mère, pour ce que j'en ai vu sur des photos.

Je n'ai pas connu Sajili, et Malina non plus. Ou si peu qu'elle ne peut en avoir de souvenir. Elle s'est fait renverser par une voiture et est morte dans l'ambulance qui l'emmenait à l'hôpital. Malina n'avait que sept mois.

Le drame s'est déroulé un an pile avant que mes parents n'emménagent dans la maison qu'ils venaient de se faire construire sur le terrain voisin de celui de Sandro. Perdu sans sa femme, entre son travail, son enfant à élever seul et son inconsolable chagrin, très amaigri, Sandro avait, selon les propres mots de ma mère, l'air à la fois menaçant et apeuré d'un chien errant. Elle l'a tout de suite pris en affection, et est « tombée en amour » de Malina, la plus belle fillette qu'elle n'avait jamais vue.

Sandro et mes parents sont devenus amis. Ma mère, qui ne travaillait plus qu'à temps partiel depuis ma naissance, lui a proposé de s'occuper occasionnellement de Malina afin de le soulager. Le printemps suivant, il a accepté que nous l'emmenions avec nous en Normandie, pour une semaine de vacances.

C'est à cette occasion, sur la plage de Courseulles-sur-Mer, qu'a été prise la photo qui serait intitulée *Les Amoureux*. Malina et moi, nous tenant par la main, en contre-jour sur fond scintillant de mer.

LE BOULANGER

Quand je suis né, Antoine et Isabel Gaboriau, mes parents, tenaient une boulangerie-pâtisserie au-dessus de laquelle nous vivions, avenue Georges-Gosnat, à Ivry-sur-Seine.

Je n'ai aucun souvenir de cette époque, puisque nous avons quitté l'Île-de-France alors que je n'avais que dix-neuf mois, et pourtant, près de vingt-cinq ans plus tard, je ne peux pas passer devant une boulangerie sans que l'odeur de pain chaud ne me renvoie à cette prime enfance.

C'est ma mère qui a voulu changer de vie. Elle venait de perdre la sienne, elle-même veuve depuis très longtemps, et la somme dont elle a hérité à la vente de sa maison d'enfance dans l'Yonne a permis à mes parents de réaliser ce projet.

Lèves, où nous nous sommes installés, n'est pas à proprement parler la campagne, plutôt la banlieue de Chartres. C'était l'idée : bénéficier des bienfaits supposés de la campagne (notre maison était en bord de champ quand j'étais petit, avant qu'au fil des ans, d'autres pavillons ne poussent comme des champignons), tout en étant proches du centre d'une grosse ville où se situerait la nouvelle boulangerie.

Celle qu'ils ont rachetée, en plein cœur de Chartres, n'était qu'à dix minutes en voiture du terrain à bâtir qu'ils venaient d'acquérir grâce à Virginie, la meilleure amie de ma mère depuis le collège, devenue agent immobilier.

Pendant huit mois, alors que mes parents tenaient encore la boulangerie d'Ivry, nous sommes allés chaque lundi surveiller l'avancée tant des travaux de la maison que de ceux de la boulangerie qu'ils avaient décidé de totalement transformer pour y ajouter une activité de traiteur.

Le succès a été immédiat. Pain à l'ancienne, viennoiseries, gâteaux individuels ou grands formats, sandwichs faits maison, plats du jour à manger sur place ou à réchauffer, boissons fraîches ou chaudes, glaces artisanales à la belle saison, mes parents se sont très vite fait une grosse clientèle d'habitués du quartier, de salariés à l'heure de la pause déjeuner ou de touristes venus visiter la cathédrale Notre-Dame.

La boutique était ouverte six jours sur sept, de 6 heures 30 à 19 heures du mardi au samedi, de 8 heures à 18 heures le dimanche.

J'ai finalement très peu vu mon père durant ma jeunesse et je garde de lui le souvenir d'un homme toujours fatigué.

Il était parti depuis des heures quand je me réveillais le matin, faisait souvent la sieste quand je revenais de l'école (confiant la boutique à ma mère et aux employés entre 15 heures et 17 heures 30) et se couchait à 20 heures 30 chaque soir, réglant son réveil sur 3 heures 15 du matin.

Il n'a jamais regardé un seul de mes bulletins de notes, n'a jamais assisté à une seule fête de l'école, ne m'a jamais accompagné à la moindre compétition sportive ni même au cinéma. La seule chose que nous partagions (outre les trois semaines de vacances en Bretagne au mois d'août pendant la fermeture annuelle de la boutique) était le film du dimanche soir à la télé, veille de son unique jour de repos. J'avais alors, bien que devant me lever le lendemain pour aller à l'école, la permission de regarder le film jusqu'au bout, pas tant par goût pour le cinéma que pour ne pas interrompre ce rare moment de partage.

Nous ne parlions pas pendant le film, ni ensuite pour commenter ce que nous avions vu ou échanger nos impressions, mais nous étions ensemble. Souvent, mon père s'endormait sur son fauteuil à la moitié du programme, et la demi-heure ou l'heure de film restante, je passais plus de temps à regarder son visage à la peau anormalement blanche et ses mains blessées par un eczéma dû à la farine que les yeux sur l'écran.

Aujourd'hui encore, j'ai chaque dimanche soir un pincement au cœur, ou plutôt un frisson dans le ventre à l'heure du *prime time*.

Outtre ces fins de week-ends, la consigne à la maison était de ne pas faire de bruit car s'il n'était pas au travail, mon père se reposait. Ce n'était d'ailleurs même pas une consigne, mais un mode de vie. Il en avait toujours été ainsi, depuis ma petite enfance. Une enfance silencieuse, dans une maison silencieuse. Même Malina, qui a passé tant de temps chez nous, a immédiatement adopté nos manières sans que personne n'ait jamais eu besoin de lui demander de le faire : se déchausser en entrant, ne jamais s'interpeller à travers la maison ou d'un étage à l'autre, ne pas courir dans l'escalier, ne pas claquer les portes, régler bas le son de la télé et n'écouter la musique qu'au casque. Même Hoshi, le chien que j'ai eu pour mes douze ans, n'a jamais aboyé à la maison, se défoulant quand nous l'emmenions faire de grandes balades à travers champs.

Mon père parlait peu, et toujours posément, d'une voix douce qui obligeait son entourage à tendre l'oreille. Il faisait également peu de gestes, marchait comme s'il était monté sur coussin d'air, à la façon des femmes japonaises dans les films, et mangeait sans que ses couverts ne heurtent jamais son assiette.

Seuls ses yeux bleus très clairs étaient mobiles et vifs, souvent mouillés à cause de régulières quintes de toux liées à l'asthme chronique dont il souffrait, comme la grande majorité des boulangers.

« Ne pas déranger Papa » aura été le mot d'ordre de mon enfance et de mon adolescence, au point de façonner durablement mon caractère. J'ai toujours eu peur de le réveiller, de le gêner, de le fatiguer, et suis petit à petit devenu aussi silencieux que lui, aussi peu bavard, et soucieux de ne jamais encombrer. Encombrer mon père qui travaillait tant, mais aussi le reste de la famille, les voisins, les camarades de classe, les profs, les commerçants, les passants dans la rue… Car cette peur de gêner à la maison s'est étendue à l'extérieur, devenant chez moi une seconde nature. Quoi que je fasse ou veuille faire, j'en pesais avant tout les conséquences sur les autres. Très vite, cette façon d'agir est revenue à me demander ce dont untel ou unetelle avaient envie avant même que la moindre aspiration n'ait le temps d'apparaître en moi. Mes désirs ne naissant plus que par ce filtre du souci d'autrui, ils n'étaient plus vraiment les miens.

Je n'ai compris tout cela que récemment. À l'époque, quand j'avais cinq, dix ou quinze ans, je ne me posais pas de questions, j'étais juste « comme ça ». Soucieux de « protéger » les autres, comme je n'avais cessé de protéger mon père.

Peut-être, inconsciemment durant toutes ces années, savais-je qu'il était malade ?

NON

Tu es sûr ?

Je ne crois pas.
Je ne suis pas d'accord.
Je n'en ai pas envie.
Certainement pas.
Hors de question.
Jamais de la vie !
Plutôt mourir !
Va te faire foutre.
Je t'emmerde.
Tu peux crever.
Non. Non, non et non.
NON !…

AU PIED !

Je ne sais pas dire non.

Les enfants ont tous leur période d'opposition, comme expliqué dans les manuels pour jeunes parents. Ils apprennent à dire non bien avant de dire oui. Pas moi. Déjà tout petit j'ouvrais docilement la bouche quand ma mère avançait la cuillère de bouillie, pour l'imiter alors qu'elle m'encourageait en faisant la carpe. Ça lui faisait tellement plaisir. C'est bien mon chéri, elle disait. Encore une, encore une pour Maman. Je n'avais plus faim mais j'ouvrais la bouche pour qu'elle sourie. De toute façon, je n'ai jamais su vomir non plus. Je garde tout à l'intérieur, quitte à être malade si, par exemple, j'ai mangé un truc pourri à la cantine. Une fois, j'ai été intoxiqué, au restaurant chinois. Nous avions mangé la même chose, Malina et moi. Des crevettes. Une fois à la maison, Malina est allée vomir aux toilettes et elle était en pleine forme ensuite alors que j'ai tremblé de fièvre toute la nuit et que j'ai été malade pendant deux jours. Impossible de rejeter ce qui est mauvais. Ça ne sort pas. Comme quand je veux dire non.

Alors je m'entraîne. Dans la salle de bains, face au miroir. Je me regarde bien en face, je serre les mâchoires, je pince les lèvres et je m'insulte. J'essaye de m'impressionner mais ça ne marche pas. Je me traite de tous les noms mais je n'arrive même pas à me mettre en colère. Encore une chose que je ne sais pas faire ! Mon rêve, ce serait de dire non en étant en colère. Balancer ça à la gueule de quelqu'un. Qui que ce soit. NON ! Bien sec, sans appel, comme un crachat (au fait, ai-je dit que je ne savais pas cracher non plus ?).

Je m'entraînais aussi quand je promenais mon chien Hoshi.

Brun, beige et noir mélangés, à part une barbichette blanche au bout du museau, une fourrure lui faisant une crinière de lion, un panache qui remonte sur le dos, un petit front bombé. C'est un épagneul du Tibet. Sept kilos et demi. La créature la plus tendre au monde. Le premier jour, quand je l'ai pris dans mes bras, il s'est mis à me lécher l'oreille, méticuleusement, patiemment, jusqu'à en mordiller le lobe sans jamais le pincer vraiment. Ça m'a étonné et surtout fait rire, comme des chatouilles, et ma mère m'a expliqué qu'il tenait ça de son père, et que c'était une grande marque d'affection.

– Comment tu le sais ?

– Heu... C'est à l'élevage qu'on me l'a dit.

– Tu l'as vu, son père ?

– Oui.

– Je pourrais le voir, aussi ? Tu m'emmèneras à l'élevage ? Tu m'emmèneras ?

Ma mère a dit « Oui, un jour », mais nous n'en avons jamais reparlé.

Mais donc, quand je promenais Hoshi dans les champs et que je parlais tout seul, pour m'entraîner à dire non, il s'arrêtait parfois et me regardait en mettant la tête de côté. Il se demandait sans doute pourquoi j'étais en colère. Si seulement ! Je lui faisais alors un clin d'œil pour lui signifier que ce n'était pas contre lui.

Ma mère trouvait que je manquais d'autorité avec lui. Elle avait raison. Mais les rares fois où je voulais le gronder pour de bon, il se couchait par terre, à plat, le museau entre les pattes, et j'avais peur de l'avoir vexé, de lui avoir fait de la peine. Hoshi, c'est le genre qui, quand tu lui marches sur la patte par inadvertance, il te lèche comme pour s'excuser d'avoir eu mal. On se ressemble, tous les deux.

Sauf qu'il sait dire non, à sa façon. Si j'ordonne « Viens ! Au pied ! », il ne bouge pas. Il met la tête de côté, se demandant quelle mouche me pique.

Ma mère avait raison. Je n'avais aucune autorité sur ce chien. Ni sur personne d'autre, d'ailleurs.

Quand je me couchais le soir, dans ma chambre à Lèves, Hoshi se mettait sur ses pattes arrière et je lui ordonnais :

– Au panier !

Je finissais toujours mes nuits recroquevillé dans un coin du lit, Hoshi étalé de tout son long en travers, sous la couette.

Quelques années plus tard, je finissais mes nuits avec des fourmis dans le bras sur lequel Malina s'était endormie. Je n'osais pas bouger, de peur de la réveiller. Mon bras s'engourdissait, je ne sentais plus mes doigts mais j'attendais qu'elle se réveille.

Un soir, juste avant de dormir, elle m'a demandé :

– Et si on se fiançait ?

– Se fiancer ? j'ai répondu, sentant aussitôt un frisson désagréable au niveau du ventre.

– Oui. On ferait une fête, ton père nous préparerait une pièce montée !

– C'est pas plutôt pour les baptêmes, les pièces montées, ou pour les mariages ?

– On s'en fout : j'adore ça.

– Papa pourra t'en faire une même si on…

– Ou alors on ferait ça au restaurant ?

– De quoi ?

– Nos fiançailles.

J'ai hésité un peu, et puis j'ai dit :

– On a que seize ans.

– Et alors ? T'as pas envie, c'est ça ?

Là, je me suis revu dans la glace, en train de m'entraîner. Je me suis revu dans le parc, avec Hoshi qui me regardait dire non sur tous les tons. J'ai pris une bonne inspiration…

– Si, bien sûr.

Malina était tellement contente. Elle a fait son sourire de petite fille et s'est blottie contre moi. Elle s'est endormie sur mon bras et j'ai eu toute la nuit pour compter les fourmis qui couraient sous ma peau.

DOUBLE MIXTE

Le seul domaine dans lequel j'ai toujours su m'opposer, c'est le tennis. Sans doute parce que les choses y étaient plus claires que dans le reste de la vie : on me désignait un adversaire, et j'étais, de fait, désigné comme le sien. Notre affrontement était donc organisé, souhaité même, et personne n'aurait pu me reprocher de contrarier les plans du type de l'autre côté du court, son désir de victoire, de le passer au filet, de le marteler de services gagnants ou de le prendre à contre-pied. C'est la règle du jeu, ce qui me permettait de me sentir légitime en lui « disant » *non*, tu ne monteras pas au filet, *non*, tu ne me loberas pas, *non*, je ne te laisserai pas remporter le set ni le match…

Résultat : j'étais une teigne sur le court. Je détestais perdre. Ou plutôt, j'adorais gagner, ce qui n'est pas la même chose. Je n'étais pas mauvais perdant ! J'acceptais la défaite quand elle se présentait, mais avant d'en arriver là, je faisais tout pour gagner.

C'est ma mère qui m'a appris à jouer. Qui *nous* a appris, à Malina et moi, en même temps, sur les courts municipaux de Lèves, alors que nous avions sept ans. De nombreuses pages des archives photographiques maternelles nous montrent la raquette à la main sur toutes les surfaces de courts imaginables, du *quick* de nos débuts jusqu'à la terre battue des tournois d'été, en Bretagne.

Maman était une bonne joueuse avant de rencontrer mon père et de devenir boulangère. Espoir Junior du Tennis Club de Bléneau, à la limite ouest du 89, elle a fini *3/6* avant d'arrêter les tournois, faute de temps. Elle a continué à jouer régulièrement avec son amie Virginie, elle-même ancienne joueuse acharnée du club de Bléneau.

Je me suis montré habile une raquette à la main dès mes premiers pas sur un court, gravissant les échelons des classements quatre à quatre jusqu'à devenir *0* à seize ans. Au même âge, Malina était *-30*. C'était elle, la vraie championne, aussi performante qu'élégante, numérotée à dix-sept ans, et participant à Roland-Garros à dix-neuf après être brillamment passée par les qualifications.

Mais durant notre adolescence, c'est en double mixte que nous nous sommes surtout illustrés. C'est une discipline qui n'est pas prise au sérieux et à laquelle participent surtout des couples un peu âgés qui ont envie de s'amuser. Malina et moi avons gagné notre premier tournoi d'été, sur la Côte d'Armor, alors que nous n'avions que onze ans.

Mais déjà, nous étions troisième série, et avons rétamé un couple de retraités en finale, 6-1/6-1.

Nous sommes aussitôt devenus la coqueluche du circuit amateur. Le petit couple qui faisait sensation : jeunes, beaux, bons joueurs et officiellement amoureux, déjà « promis » l'un à l'autre. D'autant plus remarquables que nous emmenions Barthélemy – mon meilleur ami depuis la halte-garderie – avec nous chaque fois que c'était possible. Il adorait que je le sorte de son fauteuil roulant et le place sur mon épaule pour le hisser sur la chaise d'arbitre. Il n'a jamais eu peur que je le fasse tomber, il avait confiance. À seize ans, alors qu'il faisait une bonne tête de plus que moi (façon de parler puisqu'il ne pouvait pas se tenir debout), je parvenais encore à le porter. Il aimait cette position haute qui dominait le court, lui qui, du matin au soir, voyait tout et tous d'en dessous. Il arbitrait nos matchs, et Malina et moi nous sommes mis à collectionner les trophées, et ma mère les coupures de la presse locale. D'une année sur l'autre, les organisateurs de tournois s'émerveillaient de nous voir revenir dans la compétition avec chacun un classement nettement supérieur mais surtout, encore et toujours, main dans la main. Tous projetaient sur nous leurs fantasmes d'amour unique pour toute une vie que, sans doute, leur propre expérience avait mis à rude épreuve ! Je crois que notre histoire – que ma mère ne se lassait pas de raconter à qui voulait bien l'entendre, et ils étaient nombreux – les rassurait, ou bien les consolait.

C'était pareil à l'école. Malina et moi avons été dans la même classe de la maternelle jusqu'à la première ! Statistiquement, c'est impossible, en tout cas à partir du collège. Tous nos copains étaient trimbalés d'une classe à l'autre, les amitiés séparées, les fratries ne se retrouvant qu'à l'heure de la récré ou à la sortie des cours. Pas nous. Chaque année, comme par miracle, nous nous retrouvions sous le même pavillon : 605, 508, 403, 305… Là encore, notre duo, notre couple était trop précieux aux yeux du personnel administratif du collège et du lycée pour que l'on ose nous séparer. Aucun proviseur, aucune CPE ne voulait prendre le risque de se retrouver responsable de la scission de notre « ménage » ! Imaginez qu'en 503 je rencontre une autre fille pendant que Malina accepte d'embrasser un garçon de 507 ? Une catastrophe. Voire un sacrilège, surtout à une époque où un mariage sur deux débouche sur un divorce. Nous étions si rassurants, si précieux aux yeux des adultes. Une sorte de martingale.

Pourtant, je me souviens du regard vert de Chloé, en 404, qui me donnait chaud chaque fois que je le croisais. Et il y avait aussi Barthélemy qui dévorait Malina des yeux du haut de la chaise d'arbitre. Il n'a jamais eu un mot ni un geste équivoque vers elle tant, pour lui aussi, notre petit couple était sacré. Intouchable.

Et Chloé a fini par en regarder un autre.

Au moment de glisser le curseur de la souris sur la pièce jointe du courriel, j'ai refermé d'un geste sec le capot de mon ordinateur en me disant : « Merde, ça peut bien attendre demain matin ! » Ou même la fin de ma garde.

Elle me semblait louche, cette lettre maternelle. Déjà, rien que d'en avoir lu le titre, j'avais fait mentalement un bond en arrière dans le temps !

Prudent, j'ai préféré me recoucher, me glissant sous la couette avant d'être trop réveillé pour avoir une chance de retrouver le sommeil.

À peine allongé, j'ai calculé que je n'étais pas retourné en Eure-et-Loir depuis neuf ans, et que je n'avais plus touché une raquette de tennis depuis autant d'années.

Serais-je encore capable de hisser Barthélemy en haut d'une chaise d'arbitre ? J'en doute. Je ne le lui ai jamais dit, mais c'était très dur, et j'avais toujours peur de le faire tomber. Je n'aimais pas cette habitude qui était née comme une blague que je lui avais faite alors que nous avions huit ou neuf ans, l'attrapant sans le prévenir pour le planter là-haut malgré ses récriminations. Sauf qu'une fois perché, il avait adoré ça, et que c'était devenu une coutume qui me coûtait, mais dont je n'avais jamais osé le priver.

J'avais pas mal de copains, à l'époque, mais Barth était vraiment mon ami. Et il l'est toujours, même s'il vit à onze heures d'avion de chez moi.

Bon. Pas la peine de tourner autour du pot : ma nuit est foutue. Mon cerveau turbine à la façon d'un tambour de machine à laver et brasse mes souvenirs comme autant de linges sales. Dans un parfait désordre.

Le problème avec le sommeil, c'est que plus on y pense, plus il vous échappe ! Il faudrait que je parvienne à ne plus penser à rien pour pouvoir me rendormir, sauf que penser à rien, c'est déjà penser à quelque chose !

Je rouvre les yeux et me tourne sur le côté.

Je regarde Hoshi dans son panier et je l'envie. Il dort profondément.

C'est un vieux chien, désormais, mon vieux complice. Quand je travaille, je le confie à la gardienne de mon immeuble, qui l'adore, et qu'il adore. Comme à tous les locataires de l'immeuble qui la fuient, elle lui parle à longueur de journée des potins du quartier ou de ce qu'elle a regardé à la télé mais il s'en fout car il est devenu à moitié sourd. Gras comme un jeune veau, aussi, puisqu'elle le bourre de gâteaux malgré mes recommandations. Au fond, je pense que Hoshi aime quand je pars travailler, et qu'il en a marre des boîtes de régime que le vétérinaire me vend à prix d'or pour ménager son foie fragile.

En tout cas, son sommeil, lui, n'est pas fragile. Il s'en tape de la lettre de ma mère ! Il s'en tape de ma mère tout court ! Il a ce don, que je lui envie, qui consiste à vivre au présent. Si ma mère arrivait à l'instant, il lui ferait la fête comme si elle s'était absentée depuis dix minutes alors qu'il ne l'a pas vue depuis plus de six mois, lors de sa dernière visite à Strasbourg ! L'a-t-il oubliée ? Bien sûr que non. Simplement, il ne fait pas le même usage des souvenirs que nous. La nostalgie lui est étrangère, tout comme le regret et le manque. Il sait se contenter de ce qui se présente à lui, et en profiter.

Souvent, quand je le regarde, je me dis que j'aurais été bien plus heureux en chien.

Mais qu'est-ce que j'en sais, après tout ? Des chiens anxieux, il doit bien en exister aussi ? Des chiens qui hésitent, qui ont du mal à faire des choix et qui les regrettent systématiquement ensuite ? Des chiens qui se forcent à finir leur gamelle de peur que leur maître pense qu'ils n'ont pas aimé ce qu'il leur a préparé ? Des chiens qui se retiennent de se gratter en plein milieu de la nuit pour ne pas réveiller leur maître ? Des chiens qui s'obligent à pisser sur chaque arbre sans en avoir envie pour que leur maître ne les ait pas sortis pour rien ?

Je ne vais quand même pas passer le restant de la nuit à regarder mon chien dormir et à l'envier !

Et si je renvoyais son message à ma mère sans l'avoir lu, en lui disant que je n'ai rien envie de savoir de plus sur moi, encore moins sur Malina et moi, sur ma jeunesse, sur ma famille ?

Elle ne comprendrait pas. Elle en serait blessée.

Je me relève et me plante devant le frigo. Je termine un reste de poulet froid, debout, éclairé par la lumière de l'appareil électroménager. Du coup, Hoshi ouvre un œil. C'est l'effet magique de la porte du frigo !

Je lui souris et décide de transgresser toutes les règles que j'ai moi-même établies concernant l'éducation de ce chien. Je marche jusqu'à lui, m'accroupis et lui tends un morceau de poulet, qu'il renifle un instant, méfiant tout de même, puis engloutit en un quart de seconde.

Casse-croûte surprise en pleine nuit, et servi au lit ! Il apprécie et s'étire de tout son long dans son panier, sur le dos, ce qui est un appel à la gratouille. Je m'exécute et lui gratte consciencieusement le ventre, ce qui lui fait plisser les yeux de plaisir. Puis je m'allonge près de son panier et, habitude venue de mon adolescence, je pose ma tête sur son corps comme s'il s'agissait d'un oreiller. Je sens sa chaleur, sa respiration, j'entends battre son cœur et cela m'apaise.

Mais l'image d'un autre chien me vient. Celui de mon cauchemar. Le chien noir.

Le cliquetis. Régulier, de plus en plus fort…

Je connais depuis des années la signification et l'origine de ce rêve récurrent qui est apparu autour de mes neuf ans, mais je n'ai surtout pas envie de m'y attarder maintenant, en pleine nuit.

Alors je me lève et décide d'aller faire un tour. D'aller marcher un peu dehors, en pleine nuit, moi qui n'ai jamais aimé la nuit. Moi qui l'ai toujours redoutée.

Mais justement ! Je ne suis plus le même, il s'agirait que je m'en souvienne ! J'ai peur de la nuit : raison de plus pour aller m'y promener.

Hoshi me regarde, étonné de me voir enfiler mon jean, mon tee-shirt de la veille, un pull.

– Tu veux venir ? je lui demande. Promenade ?

Je perçois dans son regard qu'il se demande si je ne suis pas devenu fou. Il se lève, mais pour se recoucher en boule en me tournant le dos en laissant échapper un long soupir.

Message reçu. Je sortirai donc seul marcher dans la nuit.

20 HEURES 30

Avant de se coucher, mon père faisait toujours le tour de la maison pour en fermer les volets. Quelle que soit la saison, qu'il fasse jour ou nuit, à 20 heures 30, nous entendions les volets claquer un à un et nous nous retrouvions plongés dans la pénombre.

Enfant, j'aimais ce rituel. Souvent, j'étais déjà au lit, les yeux ouverts, écoutant les bruits de la maison et ceux, plus lointains, du quartier : le moteur d'un scooter, un chien qui aboyait, des portières de voitures qui claquaient, les cloches de l'église qui sonnaient la demie de 20 heures… Le bruit des volets était le signal qui m'indiquait que mon père allait également se coucher dans quelques minutes, tout près, dans la chambre d'à côté, et que ma mère allait venir me dire bonne nuit.

Mon père commençait par la fenêtre de la cuisine, la plus éloignée de moi, et finissait par celle de sa chambre, la plus proche. C'était pour moi un sas sonore vers la nuit, vers le sommeil, la maison qui, pièce à pièce, se refermait sur moi et tenait le monde au-dehors.

J'avais embrassé mon père avant de monter une quinzaine de minutes plus tôt et laissé ma porte entrouverte sur le couloir allumé. Ma mère entrait alors, grande ombre chinoise dans l'entrebâillement de la porte. Elle s'asseyait sur le bord de mon lit et me passait toujours la main sur le front et dans les cheveux avant de commencer la prière. Nous n'allions pas à la messe, je n'avais jamais mis les pieds au catéchisme mais, chaque soir, je répétais les mots après Maman qui confiait nos morts à Dieu – ses propres parents, mes arrière-grands-parents paternels et la mère de Malina –, et lui demandait de nous protéger, ainsi que ceux que nous aimions.

Cette demande de protection était, à ma connaissance, le seul rapport que ma mère entretenait avec Dieu, cet être supérieur dont je ne savais rien, ce que je regrettais tant il me semblait avantageux d'être en bons termes avec une personne susceptible de nous épargner les dangers que nous réservait le monde.

Quels dangers ? Je n'en savais rien au juste, mais ne doutais pas qu'ils soient nombreux puisque, chaque soir, ma mère éprouvait le besoin de demander son aide au Créateur !

Le seul risque que, si jeune, j'avais clairement identifié, était celui de la circulation automobile. Je devais avoir trois ans le jour où ma mère, ayant reçu un SMS, m'avait lâché la main un instant alors que nous étions au bord de la D 7154 qui traverse notre ville. J'ai fait un pas sur la chaussée et une voiture m'a frôlé à grande vitesse, ce dont je ne me serais sans doute pas aperçu si ma mère ne m'avait pas attrapé par la capuche de mon anorak pour me tirer violemment en arrière. Elle était furieuse, surtout affolée, s'en voulant plus à elle-même de m'avoir lâché la main qu'à moi d'avoir été imprudent. Elle ne m'en avait pas moins giflé, pour la première et dernière fois de ma vie, m'expliquant d'une voix stridente, les larmes aux yeux, qu'il ne fallait jamais, jamais, traverser sans être sûr qu'il n'y ait pas de voiture, sans quoi : « Fini ! Plus de Nicolas ! »

Après quoi, chaque soir, en faisant ma prière au lit, j'imaginais Dieu tel un agent de la circulation, portant un uniforme blanc bardé de galons dorés et évitant que les piétons ne se fassent écraser sur la route. Je savais qu'il n'était pas infaillible puisque Sajili, la mère de Malina, avait perdu la vie à cause d'un chauffard qui n'avait même pas daigné s'arrêter. Mais c'était une adulte, comme mes grands-parents maternels que je n'avais jamais connus. Seule ma grand-mère paternelle vivait encore, mais comme mon père était fâché avec elle, je ne savais d'elle à l'époque que ce qu'elle m'écrivait, deux fois par an, pour Noël et pour mon anniversaire, sur des cartes postales représentant des tableaux célèbres. Jusqu'à ce que je sois frappé pour la première fois personnellement par le deuil, la mort d'un adulte était à mes yeux d'enfant toujours plus ou moins naturelle.

Je cherchais souvent l'image de ce Dieu auquel je m'adressais chaque soir dans la cathédrale de Chartres, où il m'arrivait de me promener en dehors des heures des messes. Tête levée, je scrutais les vitraux, les statues, les tableaux… J'observais aussi les visages des paroissiens, de ceux qui faisaient brûler un cierge, de celles qui s'agenouillaient devant la statue de la Vierge Noire pour une prière. Je retrouvais dans leur regard la fébrilité que j'observais le soir dans les yeux et les gestes de ma mère. Dans sa voix également, quand elle me dictait la prière ou même plus simplement quand elle me disait bonne nuit. Je la sentais alors au bord d'un gouffre, vacillante, prête à tomber, ou à sauter. Souvent, elle restait un instant silencieuse au bord de mon lit, comme si, soudain, la vie était au-dessus de ses forces et qu'elle avait besoin de prendre son élan pour y retourner. Et j'attendais, avec un mélange d'inquiétude et d'impatience, qu'elle ajoute quelque chose, qu'elle me livre ces mots qui semblaient se cacher derrière notre prière quotidienne. Cette poignée de secondes, cette pause qu'elle prenait avant de se relever, de sortir de ma chambre et d'en refermer la porte me fascinait et m'effrayait tout en même temps. J'y pressentais que la vie était plus grande et complexe que ce qu'on voulait bien m'en dire, comme dans les paroles marmonnées par les dévots agenouillés dans la cathédrale de Chartres qui rendaient floue la ligne de séparation entre la vie et la mort, entre le visible et l'invisible.

J'aimais ce monument à la fois gigantesque et intime dont les vitraux filtraient la lumière du jour, dont les murs épais et les portes capitonnées tenaient au loin les bruits de la ville. L'intérieur de la cathédrale n'était pas sans m'évoquer celui de la maison quand mon père venait d'en fermer tous les volets.

À l'âge de neuf ans, c'est à moi qu'est revenue cette tâche, toujours à 20 heures 30, quand mon père a subi un arrêt maladie de plusieurs semaines durant lesquelles, entre de courts séjours à l'hôpital, il passait presque toutes ses journées dans sa chambre. Officiellement, il était juste «malade», ce qui était à la fois la vérité et un mensonge, comme je le découvrirais des années plus tard. Ma mère, à mes rares questions, répondait simplement que son traitement le fatiguait beaucoup.

Si je ne montrais pas plus de curiosité ou d'inquiétude face à l'état de mon père, c'est qu'il ne changeait pas grand-chose pour moi: Papa se reposait, et il ne fallait pas faire de bruit. Comme depuis toujours. Simplement, il ne quittait plus la maison au milieu de la nuit pour partir travailler et c'est moi qui fermais les volets le soir. J'en ai gardé l'habitude une fois qu'il a été remis sur pied.

J'aimais surtout ce rituel le dimanche soir, juste avant que nous nous installions au salon pour regarder le film ensemble. En fermant les volets, j'avais la sensation de renforcer l'intimité entre mon père et moi, de nous rapprocher l'un de l'autre en nous excluant du reste du monde. L'été, j'appréciais aussi quand il faisait encore jour et que nous nous retrouvions tous deux dans une pénombre artificielle devant le petit écran.

C'est sans doute pour toutes ces raisons que la nuit m'est si étrangère, et que je ne m'y suis jamais senti à ma place.

ÉTOILE FILANTE

À l'inverse, Malina adore la nuit.

Quand elle a eu huit ans, Sandro, son père, a «rencontré quelqu'un», comme disait ma mère. Il avait, en vérité, rencontré Béatrice un an plus tôt, mais ne l'avait présentée à sa fille qu'une fois sûr de leurs sentiments réciproques. Elle habitait à Châteaudun et est d'abord venue passer quelques week-ends à Lèves, puis c'est Sandro qui a dormi chez elle, un samedi soir par mois. À ces dernières occasions on a installé un lit pour Malina dans ma chambre, le long du mur opposé au mien, de l'autre côté de la fenêtre.

C'est ma mère qui a eu l'idée qu'elle vienne y dormir quand Sandro découchait puis, de plus en plus régulièrement, quand Béatrice venait à Lèves, pour «les laisser en amoureux», ce qui exaspérait Malina qui n'aimait pas du tout cette femme qu'elle voyait réussir là où elle avait échoué: redonner le sourire à son père.

Dès la première nuit que Malina a passée dans ma chambre, elle a rouvert les volets avant de se coucher, me disant qu'elle ne supportait pas d'être enfermée et qu'elle avait besoin de voir le ciel et les étoiles de son lit.

Une nuit, l'été de mes neuf ans, un frisson m'a tiré du sommeil. J'ai ouvert les yeux pour découvrir Malina debout devant la fenêtre ouverte.

– Tu fais quoi ? je lui ai demandé en chuchotant.

Elle ne m'a pas répondu et je me suis levé pour la rejoindre.

C'était une nuit sans lune, très calme. Nous n'étions pas partis en Bretagne car c'était l'année où mon père était malade.

Malina m'a désigné les quelques étoiles visibles malgré les lumières orangées de la ville qui voilaient en grande partie le ciel. Je ne me souviens que des noms de Véga, Altaïr et Deneb, les plus brillantes, qui forment ce qu'elle a appelé « le triangle de l'été ». Sandro était amateur d'astronomie, et je savais qu'elle avait passé de nombreuses nuits dans les champs avec lui, y compris l'hiver, à contempler le ciel.

– Papa m'a dit qu'en mourant, Maman était devenue une étoile, m'a-t-elle finalement déclaré.

– C'est laquelle ?

Malina m'a regardé, les yeux brillants, et m'a dit :

– On peut pas la voir d'ici. Viens, je vais te montrer !

À peine avait-elle terminé cette phrase qu'elle a enjambé la fenêtre pour sauter dans le jardin.

– Viens, j'te dis ! a-t-elle lancé d'en bas, voyant que je n'osais pas la suivre.

Je n'avais aucune envie de passer par la fenêtre ni de sortir dans la nuit, mais je la connaissais par cœur et savais qu'elle ne renoncerait pas. Ma peur que sa voix ne réveille mon père a été la plus forte.

J'ai grimpé sur le rebord de la fenêtre et je me suis élancé, étonné de trouver l'herbe fraîche sous mes pieds nus.

– T'es dingue ! j'ai lancé à Malina, qui a souri et a pris ma main pour m'entraîner vers le fond du jardin.

Je pensais que c'était de là qu'elle voulait me montrer l'étoile de sa mère, mais elle a ouvert le portillon pour sortir sur le chemin qui, entre les jardins des voisins, mène à la lisière des champs.

– Ça va pas, non ? Moi je rentre !

Mais Malina, qui avait lâché ma main, s'éloignait déjà. J'ai hésité un instant, me sentant à la fois oppressé et excité, et l'ai finalement suivie.

Le quartier était endormi, les maisons éteintes, les volets tirés, les jardins silencieux, dans lesquels j'apercevais, de-ci de-là, des jouets d'enfants oubliés, un ballon, une piscine gonflable recouverte d'une bâche. Plus loin, les braises d'un barbecue fumaient encore... Ma respiration était courte et j'avançais, à cette heure de la nuit, avec la sensation grisante d'être seul au monde.

Si Malina courait sur le chemin, je la suivais péniblement à cause des graviers. C'était la même chose sur la plage, à marée basse, quand nous courions vers la mer et que je devais ralentir pour traverser les zones où le sable était mêlé de coquillages brisés qui me blessaient les pieds. Malina, qui n'aimait rien tant que marcher pieds nus (elle ne supportait pas les chaussons à la maison, et portait des chaussures le moins souvent possible en été), ne sentait rien et gagnait toujours le concours du « dernier à l'eau est une mauviette ».

De même, cette nuit-là, elle était déjà allongée dans le pré quand je suis arrivé, non sans mal, au bout du chemin, après les dernières habitations.

Je me suis assis près d'elle, redoutant de m'allonger dans l'herbe à cause des insectes.

– Allez ! m'a ordonné Malina. Fais pas ta chochotte !

J'ai fini par me coucher pour plonger à mon tour les yeux dans les étoiles.

Ici, en retrait de la ville, protégés par un bois et avec des champs à perte de vue, il y en avait dix fois plus. Vingt fois. Cent fois ! On apercevait même la Voie lactée.

J'ai senti ma poitrine se gonfler.

– C'est laquelle, ta mère ? j'ai fini par demander.

– Attends, elle va venir.

Je ne comprenais pas ce qu'elle voulait dire, mais j'ai attendu.

Chaque minute qui passait semblait multiplier le nombre des étoiles dans le ciel tant mes yeux s'accoutumaient à l'obscurité.

Soudain, un trait lumineux a traversé le ciel. Mon cœur a fait un bond dans ma poitrine.

– T'as vu ? j'ai lancé.

– C'est elle !

– Ta mère ? L'étoile filante ?

– Chut, elle va revenir... Elle nous a vus.

Le cœur battant, j'ai attendu en silence, et soudain, une autre étoile a traversé le ciel. Puis une autre encore. Je retenais mon souffle, et j'ai tourné la tête vers Malina, qui souriait, le visage levé en direction de la voûte céleste.

J'ai de nouveau regardé le zénith, et cinq étoiles filantes se sont succédé en un instant, comme le bouquet final d'un feu d'artifice.

Puis plus rien.

J'ai alors senti la main de Malina qui prenait la mienne. J'ai entendu sa voix me dire :

– Elle était contente, ce soir.

J'étais ému par la beauté du spectacle auquel je venais d'assister et ressentais une grosse bouffée d'affection pour Malina monter en moi.

Elle s'est alors tournée sur le côté pour se rapprocher, et quand je l'ai regardée, elle a posé ses lèvres sur les miennes.

Ce n'était pas la première fois que nous nous embrassions sur la bouche, loin de là. Nous l'avions toujours fait, depuis tout petits. Il y avait des dizaines de photos de nos baisers d'enfants dans les albums de ma mère. Souvent, même, elle nous y encourageait pour prendre un cliché : « Un bisou ! Allez les amoureux : un bisou ! »

C'était, en revanche, la première fois que je sentais la langue de Malina se glisser entre mes lèvres.

Ça m'a tétanisé et électrisé en même temps. Je ne savais absolument pas ce que je devais faire, ni même si j'étais censé faire quoi que ce soit.

J'ai tremblé. C'était nouveau. Troublant. Inattendu. Doux, à la fois chaud et frais.

Malina a fini par écarter son visage du mien. Je discernais à peine ses traits dans la pénombre bleutée, mais j'ai deviné qu'elle souriait.

Puis elle s'est relevée et m'a dit :

– On rentre ?

PRESSENTIMENT

Cette même nuit, après avoir escaladé la façade de la maison pour remonter dans ma chambre, pour la première fois, Malina s'est glissée dans mon lit. Sans un mot, et sans que j'en prononce un seul non plus.

Elle s'est blottie contre moi, sur le côté, me tournant le dos, nos deux corps s'emboîtant comme s'ils avaient été conçus pour cela. J'ai passé un bras par-dessus son épaule, qu'elle a saisi à la façon d'une couverture dans laquelle s'enrouler, et elle s'est endormie en un instant.

Pas moi qui, partagé entre un sentiment de plénitude et de crainte, avais l'impression d'avoir franchi une étape, mais aussi la ligne rouge. Dormir dans les bras l'un de l'autre se révélait simple et évident, me donnant l'impression que je n'avais jamais rien fait d'autre qu'attendre ce moment depuis des années, mais ce ne pouvait être sans conséquences. Il y aurait une suite, qui se nichait déjà quelque part dans la chaleur encore enfantine de cette étreinte immobile, comme l'on a parfois le pressentiment du printemps au cœur d'une froide journée de février. J'avais à la fois hâte et peur.

J'ai longtemps écouté la respiration de Malina, dont je sentais le flux et le reflux contre ma poitrine. Je n'osais bouger de crainte de la réveiller. Je repensais à notre baiser, à sa langue contre la mienne, aux étoiles filantes dans le ciel, aux milliards et milliards de points lumineux et scintillants qui, Malina me l'avait expliqué un jour, étaient toutes des étoiles pareilles à notre soleil, certaines plus grosses, d'autres plus petites, boules de feu autour desquelles tournaient des planètes. Notre soleil n'était qu'un point de plus dans cette multitude. Notre planète, un grain de sable. Notre petitesse et l'immensité de l'univers m'effrayaient autant qu'elles émerveillaient Malina, à l'instar de notre premier vrai baiser et de la présence de son corps chaud contre le mien.

Je n'en avais pas moins, grâce à elle et à la tendresse de son abandon dans mes bras, la prémonition d'une vie plus intense et plus pleine.

J'avais dû finir par m'endormir puisque je me suis réveillé en entendant la poignée de ma porte s'abaisser. Le jour était levé. Ma mère a passé la tête pour voir si nous dormions encore.

Malina était toujours dans mon lit, presque dans la même position. Je n'ai pas bougé, j'ai plissé les yeux pour que ma mère ne voie pas qu'ils étaient ouverts. Mon cœur faisait des bonds.

Quelques longues secondes sont ainsi passées avant que ma mère ne referme la porte sans bruit.

Elle n'a jamais fait aucune allusion à ce qu'elle avait vu, et Malina et moi avons pris l'habitude de dormir ensemble les nuits, de plus en plus nombreuses, qu'elle passait chez nous.

Néanmoins, nous continuions à jouer le jeu, à respecter les règles, nous couchant chacun dans notre lit jusqu'à ce qu'il n'y ait plus de bruit dans la maison et que Malina me rejoigne sur la pointe des pieds. Je crois que nous aimions cette fausse clandestinité. Fausse, car je ne doutais pas un seul instant que ma mère savait pertinemment ce qui se passait dans notre chambre, une fois qu'elle avait le dos tourné.

Il s'y passait d'ailleurs peu de choses, au début. Nous nous serrions simplement l'un contre l'autre jusqu'au matin après avoir affiné notre technique du baiser débutée dans le champ la nuit des étoiles filantes.

J'apprenais à «répondre» aux baisers de Malina, aux mouvements de sa langue. Nous nous embrassions ainsi de longues minutes avant de nous endormir, avec la sensation d'avoir touché aux confins de la sensualité et de l'interdit, tout en en repoussant les limites de semaine en semaine sans bien même nous en rendre compte.

Car naturellement, petit à petit, nous avons fini par agrémenter nos baisers de caresses d'abord hésitantes et timides.

Nous n'en parlions jamais la journée, une pudeur innée nous gagnant dès le soleil levé, mais regagnions chaque soir, complices et impatients, l'intimité de mon lit comme s'il s'agissait de notre laboratoire expérimental secret.

Nous étions aussi curieux l'un de l'autre que de nous-mêmes. Et plus nous avancions dans l'apprentissage de nos corps, plus le monde nous semblait vaste au-dehors.

Avec le temps, chaque découverte en amenant une autre, chaque peur dépassée stimulant notre audace, notre quête s'est faite plus précise.

Une nuit, Malina a enlevé sa chemise de nuit et m'a invité à en faire de même avec mon pyjama. Nous nous sommes blottis peau contre peau sans plus oser bouger, saisis par ce contact nouveau et total, cette étourdissante alliance de nos nudités qui repoussait encore les frontières de notre magie intime.

TOUTES LES NUITS

La curiosité de nos corps et de nos peaux nous a guidés vers celle du plaisir.

Ce qu'un adolescent découvre d'habitude seul et en secret, nous l'avons trouvé ensemble, Malina et moi. La jouissance que l'on peut tirer d'un corps, et *a fortiori* de deux, procure un puissant sentiment de liberté, surtout à l'adolescence quand on n'a encore d'autre choix que de vivre selon les règles imposées par les adultes.

À un âge où l'on ne possède rien qui ne vienne des parents, les soupirs, les frissons, les tremblements, les soubresauts, les surprises et les sourires que nous faisions naître sous ma couette n'appartenaient qu'à nous et à nos corps qui se révélaient des sources d'extase que nous pensions inépuisables.

En nous donnant l'un à l'autre, nous avions l'impression de nous offrir mutuellement les clés des grandes portes de la vie, celle que l'on soupçonne de s'étendre à l'infini au-delà des hautes murailles de l'enfance.

Notre complicité depuis notre plus jeune âge nous a épargné l'anxiété qui accompagne généralement les premières fois : l'inconnu, la peur de ne pas être à la hauteur, de déplaire, d'en faire trop ou pas assez... Va-t-elle aimer ceci, ou cela ? Sera-t-il choqué si je fais ci, ou déçu, si je ne fais pas ça ?...

Nous avions déjà toutes les réponses.

Faire l'amour n'a été pour nous qu'un pas de plus, la suite logique de mois d'expérimentations et d'apprentissage. C'était dans l'ordre des choses du couple que nous formions depuis la photo *Les Amoureux* de la plage de Courseulles-sur-Mer.

Nous étions d'ailleurs plus guidés par la curiosité et la quête de plénitude que par le désir. Malina et moi nous connaissions trop intimement depuis toujours pour réellement nous désirer. Nous désirions le « savoir » et le plaisir plus que le corps de l'autre qui, d'une certaine façon, nous appartenait déjà.

Ce qui nous a évité pas mal de maladresse et de précipitation, d'autant qu'à la différence de nos camarades de classe quand l'heure de la première fois est également venue pour eux, nous n'avions pas de problème de lieu ni de temps. Si les premières fois sont le plus souvent furtives, inconfortables et cachées, cela n'a pas été le cas pour nous qui avions à notre disposition une chambre et autant de nuits entières que nous le souhaitions même si la crainte d'être découverts, le pas de mon père ou les allées et venues de ma mère suspendaient parfois nos ébats.

Nous avions quatorze ans, et ça n'a pas été la «grande affaire», mais une étape franchie avec une tendre et joyeuse complicité.

Malina, de parfaite mauvaise foi, ne s'entendait toujours pas avec Béatrice qui en avait assez de faire des efforts, en vain, depuis des années.

Sandro souffrait beaucoup de ces incessantes disputes et de l'agressivité systématique de sa fille envers la femme qu'il aimait. Il n'en a pas moins beaucoup hésité avant d'accepter la proposition de mes parents de prendre pour de bon Malina à la maison.

Il avait peur qu'elle nous dérange, d'abuser de notre gentillesse bien que ma mère lui affirmât qu'elle était depuis toujours la fille de la maison. Certainement, même s'il ne le verbalisait pas, redoutait-il aussi de «perdre» Malina, que de la distance se glissât entre eux même si nos deux maisons étaient voisines et qu'elle pourrait passer de l'une à l'autre à sa guise.

Pour le convaincre, mes parents ont ressorti d'un tiroir le projet d'aménagement des combles que, des années plus tôt, leur avait tracé le constructeur qui avait dessiné les plans de la maison. Il y avait largement de quoi m'y installer une chambre en place de celle d'amis prévue initialement.

Mais c'est l'annonce de la grossesse de Béatrice (ainsi que l'insistance de cette dernière) qui a achevé de décider Sandro.

Sa maison était plus petite que la nôtre, et la chambre de Malina pourrait devenir celle du bébé annoncé…

Malina s'est donc officiellement installée chez nous peu avant la naissance de son demi-frère.

Ainsi, nous nous sommes mis à passer toutes nos nuits ensemble, et nous avons continué de le faire puisque, faute de temps – la vie ayant d'autres plans pour notre famille –, les travaux du grenier sont restés à l'état de projet.

La nuit est fraîche. Plus que moi, en qui se télescopent la fatigue et l'agitation. J'ai l'espoir, en marchant un peu dans Strasbourg, de parvenir à me changer suffisamment les idées pour endiguer cette vague de souvenirs et revenir paisiblement au présent et aux quelques heures qui me séparent du début de ma garde.

Mais je ne peux m'empêcher de me demander si Malina a déjà ouvert le message que nous a adressé ma mère. Avec le décalage horaire, le jour doit être en train de se lever, là-bas.

J'ai l'idée de lui envoyer un SMS mais découvre, en glissant la main dans ma poche, que j'ai laissé mon portable chez moi.

Je soupire. Je m'efforce de me concentrer sur l'instant, sur la rue déserte, sur le bruit de mes pas. Sans y penser, j'ai pris la direction du centre-ville. J'aperçois au loin la flèche de la cathédrale, de l'autre côté de l'Ill, qui semble prête à percer les nuages bas et lourds qu'éclairent les lumières urbaines.

Je sursaute. Quelqu'un vient de tousser, tout près. Un homme emmitouflé dans des couvertures crasseuses, allongé sur des cartons dans le renfoncement d'un distributeur automatique de billets. Il me regarde avec des yeux effarés. Je viens de le réveiller.

Je ne saurais dire quel âge il a tant son visage est abîmé, crevassé, et à moitié couvert par une barbe hirsute. Il m'a fait peur, et je m'en veux. Je continue de marcher, un peu plus vite malgré moi, et m'éloigne déjà, échafaudant mentalement, comme souvent quand je croise un SDF, le fantasme d'un *moi* plus courageux. Et si je m'arrêtais pour lui proposer mon aide ? Et si je l'invitais à venir se réchauffer chez moi, à prendre une douche, une boisson chaude, un repas, à laver ses vêtements ?

Je n'en fais rien. Je suis déjà loin. Je pense à cette expression : « Une vie de chien. » Mon chien à moi, il est au chaud, dans son panier près de mon lit, digérant son dernier repas, ou rêvant du prochain. Mon chien, il ne voudrait pas de la vie de cet homme. Mais Hoshi, peut-être, s'il était à ma place, s'il était un homme, porterait secours à ce congénère en détresse sans se poser de questions plutôt que de se contenter de se sentir coupable.

Malina aussi. Car elle est beaucoup plus spontanée que moi, naturelle, généreuse. Certainement parce qu'elle aborde le monde et les autres sans peur. Je me suis toujours demandé si cela lui venait de la perte, si jeune, de sa mère. Un choc, et en même temps une barrière qui tombe. Une barrière de protection dont l'absence oblige, dès les premiers pas dans le monde, à regarder les choses en face, sans le filtre de l'amour maternel qui idéalise la vie. Manquer de l'amour d'une mère est peut-être une meilleure préparation à la vie que d'en avoir bénéficié à outrance comme moi ? En même temps, l'amour que ma mère a prodigué sans réserve à Malina n'a pas gâté son tempérament. Peut-être, simplement, a-t-elle hérité ce caractère de cette mère qu'elle a à peine connue ? Sandro disait si souvent qu'elle en était le portrait craché !

Pour ma part, j'ai tout pris chez mon père. Mais qu'ai-je réellement hérité de lui, à part son nez fort et anguleux, ses cheveux bruns et ses yeux clairs ?... J'en sais si peu. Nous avons si peu parlé. Le seul sujet qu'il aimait aborder était celui de ses grands-parents maternels qu'il adorait, et qui l'ont élevé dans leur petit appartement au-dessus de leur boulangerie.

Le reste de son histoire, j'en ai appris des bribes par ma mère.

Mon père n'a jamais connu le sien, homme marié, déjà père de deux filles, qui avait fait, par accident, un enfant à ma grand-mère Martha alors qu'elle n'avait que vingt ans et était sa maîtresse. La version officielle de l'histoire disait qu'il était trop tard pour qu'elle avorte quand elle s'est rendu compte de son état. Celui qui, de fait, est mon grand-père (même si je ne sais rien de lui et n'en ai même jamais vu le moindre portrait), n'a jamais voulu rencontrer mon père, mais il l'a reconnu à la mairie et a toujours envoyé de l'argent pour son éducation.

Mon père ne me l'a jamais dit, mais je sais qu'il en a beaucoup souffert. Pourtant, il n'a pas essayé de rencontrer cet homme, respectant ainsi sa volonté.

Pour ça, sans doute, j'ai hérité de lui. Je dis «ça» car je ne sais comment qualifier précisément ce que je perçois, dans son caractère, qui a dicté cette abnégation. Car d'autres à sa place auraient remué ciel et terre pour rencontrer ce père inconnu. À commencer par Malina qui, dans la même situation, n'aurait pas hésité un instant à aller sonner à la porte de son géniteur ! Je sais qu'en réalité mon père en avait toujours eu envie, d'autant que Martha, sa mère, s'était obstinément refusée à répondre à ses questions du temps où ils se parlaient encore. N'y avait-il pas une part de masochisme dans le renoncement de mon père, ou de goût pour l'auto-apitoiement ? Ne protégeait-il pas cette tristesse, cette blessure tant elle était devenue une part essentielle de son identité ou, plus précisément, de l'image qu'il avait de lui-même ?

Je peux comprendre cela, car même si je n'ai jamais vécu de situation semblable à la sienne, en différentes occasions, souvent anodines d'ailleurs, plutôt que de régler un problème en affichant légitimement mon désaccord ou en exprimant mon désir, je gardais le silence et supportais, parvenant à me convaincre qu'il y avait de la noblesse à encaisser, à endurer.

Foutaises !...

Une odeur familière me tire de mes pensées, de mes réflexions. Celle du pain chaud, des viennoiseries au four. Le parfum de ma petite enfance.

Je m'arrête de marcher. J'ai atteint sans m'en apercevoir une rue commerçante. Toutes les boutiques sont fermées et noires, rideaux de fer tirés. Je ne vois qu'une lumière sortant d'un soupirail sous une boulangerie, également close. Je m'avance et entrevois des gestes, des sons et des couleurs familiers. Je perçois aussi, assourdi, le son d'une radio.

J'ai le réflexe de regarder ma montre, mais je l'ai laissée chez moi. Je me dirige vers un horodateur. 3 heures 45 du matin.

C'est bien cela : le début de la journée de travail du boulanger.

LE FILS DES PATRONS

Lèves en étant très proche, que ce soit en voiture ou en bus, j'ai toujours été scolarisé à Chartres. Pendant des années, je suis passé à la boulangerie de mes parents presque tous les jours après les cours. J'y retrouvais ma mère qui y travaillait jusqu'aux alentours de 17 heures 30, puis rentrais à la maison avec elle, une fois mon père revenu de sa sieste.

J'aimais l'ambiance de la boutique, ses lumières, ses odeurs, son animation. J'aimais surtout les employés de mes parents, vendeuses côté boutique ou apprentis côté labo, jeunes adultes à mi-chemin entre moi et mes parents, trait d'union entre l'enfance et le monde des «grands».

Tous m'aimaient bien. J'étais Nico, le fils des patrons, de «Monsieur Antoine» et de «Madame Isa». Jusqu'à mes dix ans, j'étais le chouchou, une sorte de mascotte. J'arrivais de l'école et faisais la bise à chacun avant de choisir parmi tous les gâteaux celui dont je ferais mon goûter.

Certains employés restaient une saison à peine, d'autres m'ont vu grandir, passer de la petite enfance à l'adolescence, les rattrapant d'année en année pour finir par faire une tête de plus qu'eux. Tout en restant des salariés, et n'oubliant jamais que mes parents étaient leurs patrons, ils étaient des proches, des intimes, des extensions de la famille dont nous connaissions la vie, les soucis, les amours, qui nous invitaient à leur mariage, au baptême de leurs enfants, que nous accompagnions à l'enterrement d'un parent.

Durant des années, j'ai eu le béguin pour une vendeuse, Laura, très mince, à la peau blanche, aux cheveux bruns très courts et aux yeux gris. J'avais sept ans quand elle est arrivée à la boulangerie, et elle n'en avait que dix de plus que moi. J'aimais son parfum, son rire, et comment elle m'embrassait en s'amusant à laisser sur ma peau une marque bien dessinée de rouge à lèvres que je gardais religieusement jusqu'à mon bain du soir où ma mère (et parfois Malina) l'effaçait d'un coup de gant de toilette.

À la maison, mes parents parlaient souvent d'elle, leur préférée, dont Xavier – qui aidait Papa au labo depuis son apprentissage dans la boutique d'Ivry-sur-Seine – était amoureux alors qu'il était engagé avec une autre jeune femme rencontrée à Chartres, fille du propriétaire d'une grosse boutique d'équipements sportifs. J'écoutais en douce les conversations de mes parents, comme l'on suit un feuilleton. Ils espéraient que Xavier romprait ses fiançailles pour « écouter son cœur ». D'ailleurs, ma mère le lui avait carrément conseillé quand il lui avait confié son désarroi. De même, Laura n'hésitait pas à livrer ses craintes et ses espoirs à ma mère. J'ai ainsi appris que Xavier et Laura étaient devenus amants, se voyant en cachette de Solenne, la fiancée de Xavier, grande jeune femme blonde aux yeux bleus, aux épaules larges et à la voix trop forte.

Je connaissais Xavier depuis toujours. Il m'avait appris à jouer au ping-pong, à faire du cerf-volant, à tenir sur un vélo. Il m'avait aussi enseigné les rudiments du métier de boulanger, me disant qu'un jour, ce serait moi le patron.

Je me suis mis à le regarder différemment, avec un mélange de fascination et de jalousie du jour où j'ai su qu'il avait deux femmes dans sa vie. Il n'était d'ailleurs plus le même. De nature joyeuse et simple, il était devenu soucieux, semblant vieilli. Je ne l'enviais pas moins d'être aimé de Laura, d'avoir accès à son intimité, à sa peau blanche, à son corps. J'avais hâte de grandir et de prendre part à ce monde des adultes qui semblait si compliqué et si passionnant à la fois.

Je croyais comprendre le dilemme de Xavier parce qu'il m'arrivait de rêver que je serrais Laura dans mes bras alors même que je dormais enlacé avec Malina. J'essayais de me mettre à sa place. Aurais-je le courage de dire à Malina que j'étais tombé amoureux d'une autre ? J'en doutais. J'étais même sûr que non, d'autant qu'à cette époque j'avais sous les yeux une illustration vivante des conséquences de ce type de situation qui avait de quoi donner à réfléchir. Virginie traversait une «période difficile», comme disait pudiquement ma mère pour justifier la présence de son amie d'enfance à la maison, y compris la nuit pendant le temps où elle a dormi sur le canapé du salon. À force de surprendre des bribes de conversations et d'en reconstituer le puzzle avec Malina que l'affaire passionnait tout autant que moi, j'ai compris que le mari de Virginie, avec qui elle vivait depuis seize ans et qui était le père de ses deux enfants, venait de lui annoncer qu'il la quittait. Virginie était littéralement anéantie, pleurant dans les bras de ma mère des nuits entières et ne suspendant ses sanglots que pour émettre des projets suicidaires.

Xavier n'a pas quitté Solenne. Leurs parents se fréquentaient déjà, élaboraient des plans, et envisageaient même de leur ouvrir un commerce dont ils auraient la gérance.

Nous avons, bien sûr, été invités à leur mariage. Tout comme Laura.

Le feuilleton avait duré des années, et Malina et moi avions alors quatorze ans. Elle adorait danser, et je me revois regardant par-dessus son épaule alors que nous tournions sur la piste pour observer Laura qui, ayant trop bu, se trémoussait de façon provocatrice devant un jeune homme rencontré durant la soirée. Je me souviens de m'être dit que Xavier, qui ne pouvait s'empêcher de l'observer, avait l'air d'un prisonnier dans son costume de noce. Malina, tout en dansant dans mes bras, s'adonnait à un jeu qu'elle affectionnait : chercher un prénom pour nos futurs enfants. Elle faisait des propositions, et je disais « mouais » ou « bof » sans vraiment l'écouter, obnubilé par la détresse de Laura et par celle de Xavier, par la joie de Solenne et par celle du cavalier de Laura sur la moto duquel elle a fini par quitter la fête.

Je me souviens d'avoir eu un vertige de dégoût. Cette noce n'était qu'une tragique comédie. Laura et Xavier s'aimaient, et chacun, cette nuit-là, allait coucher avec un autre qu'il ne désirait pas.

– Ça va pas ? m'a dit Malina, me voyant pâlir.

Pour la première fois, j'ai eu un mouvement d'humeur à son encontre, agacé par sa gentillesse, me dégageant de ses bras en lui lançant : « Fous-moi la paix. »

Elle m'a regardé avec étonnement, et j'aurais été bien incapable de lui expliquer ce qui bouillait en moi, mélange de frustration, d'incompréhension et de lassitude, aussi, d'être tenu de tout partager avec elle. En fait, je manquais cruellement de territoires secrets, et de moments en tête-à-tête avec moi-même.

Je suis sorti marcher devant la salle des fêtes, me sentant soudain étranger à cette noce, et à l'étroit dans ma vie. J'aurais aimé être un autre, de dix ans plus âgé, en qui Laura aurait pu voir un confident et un consolateur.

Elle a quitté la boulangerie un mois plus tard. Je ne l'ai jamais revue, mais je sais par ma mère, avec qui elle est restée en contact, qu'elle vit à Nantes où elle s'est mariée (pas avec le motard de la noce), a deux enfants et tient la caisse d'une supérette de quartier.

Xavier a, lui aussi, fini par quitter mes parents pour monter avec Solenne et l'argent de leurs parents respectifs une boulangerie rue de la Porte-Morard, dans la ville basse.

J'ai souvent repensé aux mots de Xavier quand il m'apprenait à faire des croissants ou à enfourner des baguettes : « Un jour, tu seras le patron. »

Il n'avait jamais été dit ouvertement que je devais prendre la succession de mes parents dans la boutique, mais c'était évident, naturel. Cela apparaissait parfois au détour d'une conversation : « Tu verras, quand tu auras la responsabilité d'employés. » Ou bien : « N'oublie jamais que le client a toujours raison. »

Il m'arrivait d'aider à la boutique les jours d'affluence – fêtes de Noël, les Rois, Pâques... –, la plupart du temps en tenant la caisse. J'étais bon en calcul mental et, enfant, j'adorais jouer au marchand. J'aimais partager une journée complète avec les employés, être durant quelques heures un personnage du feuilleton dont j'écoutais le récit à la maison, être témoin de certaines scènes, en entendre certains dialogues. Les clients fidèles me connaissaient, me trouvaient grandi ou bien soulignaient ma ressemblance avec mon père. J'ai aimé aider à la boutique jusqu'à ce que je sois au collège, puis ai continué à le faire à contrecœur, me sentant bientôt gêné quand les parents d'un copain de classe me trouvaient derrière la caisse. Je me souviens de la fois où Chloé, qui n'était plus dans ma classe, est entrée avec ses parents pour acheter un gâteau. Sa mère, très belle, avait le même regard vert que sa fille. Je n'ai pas été capable de dire un mot, et je me suis trompé deux fois en rendant la monnaie.

J'ai su à treize ans que je n'avais aucune envie de prendre la succession de mes parents. Je me suis confié à Barthélemy, qui m'a répondu que rien ne m'y obligeait.

À mes yeux, les choses n'étaient pas aussi simples. Je n'avais pas peur que mes parents m'imposent de devenir boulanger, j'avais peur de les décevoir en ne le faisant pas.

Alors que tous mes camarades de classe, Malina y compris, étaient impatients d'avoir passé leur bac, j'angoissais déjà à l'idée qu'après cette échéance, je devrais annoncer à mes parents que je ne voulais pas reprendre la boulangerie. Et pour faire quoi ?

Malina, depuis ses huit ans, disait qu'elle voulait devenir professeur des écoles, et elle l'est devenue. Je n'avais, pour ma part, aucune idée de ce que je voulais faire plus tard, et ne pouvais deviner de quelle façon une vocation s'imposerait bientôt à moi.

Barthélemy, un jour, nous étions en cinquième je crois, m'a dit :

– T'as qu'à faire des super études !

– Des études de quoi ?

– On s'en fout ! Mais trop pour un boulanger.

J'ai marqué un temps, pas sûr d'aimer ce qui se cachait derrière cette dernière phrase.

– Tu veux dire que c'est les nuls qui deviennent boulangers !

– Mais non, t'es con ou quoi ? C'est très bien d'être boulanger, mais t'en connais beaucoup qui ont bac plus 5, ou qui ont fait l'ENA ? Ton père, il a son bac ?

– Ben, non.

– Et ses employés non plus ?

J'ai fait non de la tête.

– Ils ont un CAP ! Normal. Quand tu sors de l'ENA ou de HEC, t'es une brêle pour la pâte feuilletée ou les pains au chocolat ! Ce que je veux te dire, c'est que si tu décroches un bac S avec mention « très bien » et que tu veux faire des études supérieures, tes parents ne vont certainement pas t'en empêcher ! Tous les parents rêvent que leurs enfants soient bons en classe, non ? Il manquerait plus que les tiens t'engueulent parce que tu rapportes de super notes ! Crois-moi, un bac S avec mention, pour devenir boulanger, c'est du gâchis ! Même à tes parents, ça paraîtrait bizarre que tu veuilles vendre du pain.

J'avais toujours été assez bon en classe, un élève sans histoire, ni mauvais ni excellent. De ce jour, je me suis mis à travailler trois fois plus, et j'ai eu un bac S avec mention « très bien ». Mais finalement, je n'en avais plus besoin pour imposer ma volonté à mes parents. La vie en avait décidé autrement. J'avais déjà dit à ma mère, non pas que je ne voulais pas devenir boulanger, mais que je voulais faire médecine.

La peur me saisit un court instant, comme un réflexe.

– Il n'est pas méchant !

– Je sais, je réponds, me rendant aussitôt compte que c'est parfaitement idiot de dire ça puisque je n'ai jamais vu, de ma vie, le chien qui vient de débouler devant moi du coin de la rue.

Il n'est pas attaché, et sa maîtresse, qui tient sa laisse à la main, s'approche avec un air dubitatif.

– Enfin, non, je m'en doute, je rectifie aussitôt. Ou plutôt, je n'ai pas peur… des chiens.

La jeune femme est de plus en plus circonspecte. Il y a de quoi. J'essaye de m'expliquer plus clairement.

– Ce que je veux dire, c'est qu'en règle générale, je n'ai pas peur des chiens. Je les adore, même, mais j'ai un problème avec les chiens noirs.

Le chien qui m'a fait sursauter est un schnauzer noir comme l'ébène qui n'a vraiment rien d'effrayant. Pour prouver à sa propriétaire que je n'ai effectivement pas peur, je m'accroupis pour le caresser, et il appuie aussitôt ses pattes avant sur mes genoux pour me débarbouiller le visage à grands coups de langue.

– En tout cas, il a l'air de vous apprécier !

Je prends enfin le temps de regarder mon interlocutrice.

– Juliette ?

Visiblement, elle ne me reconnaît pas.

Je me redresse pour lui faire face maintenant que son chien a fini de me ravaler la façade.

– Nicolas, je précise. J'étais avec Margot, en médecine !

– Ah, oui, Nicolas ! Je me disais aussi…

À mon avis, elle ne se disait rien du tout, et m'avait tout simplement oublié.

Margot était mon « amoureuse » de l'époque – première et deuxième années de médecine –, et Juliette sa meilleure amie qu'elle m'avait présentée en fin de premier trimestre et qui m'avait tout de suite un peu trop plu !

Ce qui était frappant chez elle, au premier regard, c'était sa taille. Un mètre quatre-vingt-cinq au moins, avec des jambes interminables. Dans mes souvenirs, qui sont d'ailleurs étonnamment exacts et très précis, elle était blonde, avec une coupe au carré alors qu'elle porte aujourd'hui les cheveux bruns en pétard, ce qui lui va très bien.

– T'as des nouvelles ? je lui demande.

– De Margot ?

– Ouais.

– Elle va bien. Super, même. Elle a arrêté médecine, tu savais ?

– Oui, oui. Elle est toujours à Paris ?

– Oui.

Tout en parlant, je me souviens de ma séparation houleuse d'avec Margot, et me dis que si Juliette, en bonne meilleure amie, a été à l'époque sa confidente, elle a dû entendre les pires horreurs sur mon compte.

– Et toi, je lui demande. Tu fais quoi ?

– Master de droit.

– Cool ! je commente, aussitôt abasourdi par la nullité de ma répartie.

Je trouve Juliette encore plus jolie qu'à l'époque où je sortais avec Margot. Jolie n'est d'ailleurs pas le bon mot. Juliette n'est ni jolie ni belle, elle a autre chose, qui aimante le regard : une présence et une intensité particulières. Margot était vraiment jolie, et pourtant Juliette, avec ses traits affirmés, ses larges pommettes et sa mâchoire carrée, l'éclipsait quand elles étaient ensemble. Même si elle m'avait aussitôt plu à l'époque, je m'étais interdit de m'attarder sur la question, « la meilleure amie » étant le plus périlleux des terrains en matière d'amour. Je me souviens que, lors des soirées que nous avons partagées tous les trois, je faisais l'effort de ne pas la regarder trop souvent. Ce qui n'a pas empêché Margot de sentir le danger, et de rapidement se débrouiller pour que je n'aie plus l'occasion de la croiser.

Avec un petit sourire malicieux, Juliette me dit :

– Et donc, tu as un problème avec les chiens noirs.

– Oui. Enfin non : *j'avais* un problème... À cause d'un cauchemar, quand j'étais gosse. C'est plus fort que moi. Mais j'adore les chiens. J'en ai un, d'ailleurs.

– Et il est où ? me demande Juliette.

– Il dort. En fait, là, je promène mon chien, mais sans mon chien.

Ça la fait rigoler.

– Insomnie, je précise.

– Moi aussi, répond-elle. Ça m'arrive si souvent que Buldo a pris l'habitude de se promener en plein milieu de la nuit. On aime bien ça, en fait, marcher seuls dans la nuit.

– Moi, c'est la première fois. D'habitude, je dors comme un bébé.

Disant cela, je me rends soudain compte que je n'ai aucune envie que cette rencontre en reste là, comme il serait logique, chacun suivant son chemin avec son chien réel ou virtuel. D'ailleurs, nous marchons maintenant dans la même direction, ce qui veut dire que j'ai fait demi-tour et que je m'incruste. Ça n'a pas trop l'air de gêner la patronne de Buldo qui me demande à quoi j'occupe ma vie à part promener mon chien sans mon chien.

– Toujours médecine. Moi, j'ai continué.

– Une spécialité ?

– Gériatrie.

Je guette sa réaction. Elle a un rictus d'étonnement. Ça ne rate jamais. Les gens trouve toujours bizarre que je me destine à soigner les personnes âgées, comme si c'était plus surprenant que de vouloir devenir dentiste ou gynéco ! Je me garde bien d'ajouter que, non seulement, je veux m'occuper des vieux, mais en particulier des vieux en fin de vie ! Je ne lui dis pas non plus, surtout pas, qu'en plus de mon internat à l'hôpital, je suis bénévole dans une « maison de fin de vie » pour accompagner des malades isolés, sans ami et sans famille, au cours de leurs dernières heures. Tout le monde ou presque trouve morbide que je consacre une partie de mon temps libre à tenir la main d'inconnus en train de mourir pour qu'ils ne soient pas seuls au moment de quitter cette Terre.

– Et toi, le droit ? C'est pour faire quoi ?

– Protéger la veuve et l'orphelin.

– Ah ! Avocate…

– Non : commissaire de police.

Je la regarde, étonné, ce qui n'a pas l'air de la surprendre. Elle a un sourire entendu et j'essaye de me rattraper.

– C'est… C'est super ! Commissaire, je veux dire. Il en faut, il…

Je préfère arrêter ma phrase en plein milieu plutôt que de m'enfoncer encore.

Juliette n'a pas l'air vexée, mais change tout de même de conversation :

– Et alors, ce cauchemar avec un chien noir, c'est quoi ?

Et voilà ! Alors même que je commençais à espérer que cette rencontre inopinée allait me distraire pour de bon de mes souvenirs, elle m'y replonge.

On n'échappe pas aux souvenirs, à moins de devenir amnésique. On marche au présent, vers le futur, mais toujours en traînant derrière soi le boulet du passé, comme un bagnard.

LE RÊVE DU CHIEN NOIR

J'avais neuf ans la première fois que j'ai fait le rêve du chien noir. Je me suis réveillé en sursaut, le cœur battant dans ma poitrine, affolé mais ayant oublié à la seconde ce qui m'avait effrayé.

Ce n'est qu'en répétant plusieurs fois ce cauchemar durant les semaines suivantes et en mettant bout à bout les images gardées en mémoire, que j'ai fini par le reconstituer.

C'était à l'époque du premier arrêt maladie de mon père, quand je me suis mis à fermer moi-même les volets, le soir. Période – je ne m'en rends compte qu'aujourd'hui, avec le recul des années – étrange et fébrile, durant laquelle je savais inconsciemment que quelque chose de grave était en marche, dont personne ne me parlait, et dont je n'avais d'ailleurs pas du tout envie que l'on me parle, bien trop agrippé à l'égocentrisme de l'enfance. Pourtant, je ne pouvais manquer de m'apercevoir que ma mère était nerveuse et tendue. Malina me l'avait signalé, bien plus inquiète que moi de ce qui était en train de se jouer sous mon propre toit.

Les premiers temps, en réalité durant presque tout le congé maladie de mon père, j'ai fait le rêve du chien plusieurs fois par semaine. J'en étais même arrivé à redouter le moment de me coucher, sachant que la bête qui me terrifiait m'attendait quelque part, tapie dans un recoin de ma tête.

Je n'en ai jamais parlé à mes parents. Seule Malina était dans la confidence, dont les bras m'étaient précieux quand je me réveillais, paniqué, au cœur de la nuit. Elle me serrait contre elle, m'embrassait, me murmurait des mots apaisants à l'oreille et m'aidait à retrouver le sommeil jusqu'au matin.

La journée, nous parlions de mon cauchemar. Elle essayait de m'aider à en reconstituer le puzzle, d'en retrouver les détails pour le comprendre. À la manière d'une enquêtrice, elle me posait des questions précises sur le chien qui hantait mes nuits : sa taille, son poids, son attitude… Mes réponses étaient floues et fluctuantes. La seule chose dont j'étais absolument certain, c'est qu'il était noir.

– Noir comment ?

– Noir noir. Qu'est-ce que tu veux que je te dise : noir c'est noir !

– Ben non. Il y a plein de noirs différents. Et ses poils, ils sont longs ou courts ?

– J'en sais rien, putain !

Il n'y avait aucun chien noir dans le voisinage. Un petit blanc, un gris obèse comme son maître, un labrador beige, mais pas de noir. De plus, aucun de ces chiens ne me faisait peur ! Le maître du gris, en revanche, était assez effrayant, pas parce qu'il était énorme, mais à cause de son regard torve.

Malina a fini par se persuader que c'était un phénomène lié à ma petite enfance.

– Tu as dû être mordu par un chien noir quand tu étais bébé. Tu ne t'en souviens pas, mais ton inconscient, si.

L'inconscient passionnait Malina depuis un déjeuner chez Barthélemy durant lequel sa mère nous avait parlé de son métier : hypnothérapeute. Il s'agit d'un ou d'une psy dont la technique est de plonger ses patients en état d'hypnose pour s'adresser directement à la partie droite de leur cerveau, là où se loge l'inconscient. Elle nous avait dit que le cerveau était comme un iceberg, avec une partie visible, le conscient, bien plus petite que sa partie immergée, l'inconscient. Je me souviens que je m'étais montré sceptique quant à l'hypnose, et qu'à table, elle m'avait fait une petite démonstration qui m'avait sidéré, et qui avait enthousiasmé Malina. Elle m'avait demandé de croiser les mains d'une certaine façon, avec les deux index dressés et parallèles, espacés d'un demi-centimètre. Elle m'avait dit d'essayer de les rapprocher jusqu'à ce qu'ils se touchent, et j'en avais été absolument incapable avant qu'elle ne m'en donne «l'autorisation», comme si mes doigts étaient deux aimants qui se repoussaient. Puis, de la même façon, une fois mes index l'un contre l'autre, je n'avais pas pu les écarter tant qu'elle n'avait pas compté jusqu'à trois.

Barth connaissait l'expérience par cœur et n'aimait pas quand sa mère la faisait sur ses invités. Sa mère avait précisé que ce type d'exercices amusants et spectaculaires servait à évaluer si un patient était sensible ou non à l'hypnose, pour savoir ensuite comment travailler avec lui, avec quelle technique. D'après elle, j'étais très réceptif. J'aurais dû la prendre au mot, lui parler de mon cauchemar et la laisser fouiller mon inconscient. Elle m'aurait sans doute permis de comprendre plus vite d'où venait le chien noir.

Mes cauchemars ont fini par s'espacer d'eux-mêmes, petit à petit. Quand mon père a repris le travail, je ne rêvais plus du chien noir qu'une fois par semaine, puis une fois par mois. Entre mes dix et mes seize ans, je ne me réveillais plus en sursaut que deux ou trois fois par an. Puis plus rien, du jour où j'ai percé le mystère de ce mauvais rêve, et découvert que le chien noir s'appelait Bugsy.

BOMBARDEMENTS

L'année de mes douze ans, mon père est de nouveau tombé malade.

Mes parents m'en ont dit le moins possible pour ne pas m'inquiéter (ce qui, en laissant libre cours à mes fantasmes, a eu l'effet inverse) mais cette fois, le mot « cancer » a tout de même été prononcé.

De ces explications reçues dans la cuisine, un samedi matin, en présence de Malina, j'ai compris que mon père souffrait de la même maladie que trois ans plus tôt. Il ne s'agissait pas d'un virus contracté à l'extérieur, par contagion, mais d'un mal interne qui était resté tapi dans son corps pour reprendre des forces après les premières séances d'un traitement chimique efficace mais dangereux que l'on appelle chimiothérapie.

Je me suis aussitôt représenté les choses à la façon des films traitant de la Seconde Guerre mondiale dont mon père et moi étions friands quand ils passaient à la télé le dimanche soir. La France était occupée par les Allemands, et les Alliés, en particulier les Américains après le débarquement en Normandie, bombardaient les villes pour les chasser, quitte à tout détruire autour et à tuer de nombreux civils.

Même si, comme pour la plupart d'entre nous, le mot «cancer» était pour moi associé à la mort, pas un instant je n'ai douté que mon père allait guérir. Plus qu'aux vertus de la chimiothérapie dont on avait tenté de m'expliquer le fonctionnement, je m'accrochais à la croyance que les drames étaient pour les autres, ou bien dans les livres et dans les films, pas pour ma petite vie, et en tout cas, pas pour ma jeunesse. Mon père mourrait un jour, bien sûr, mais vieux, c'est-à-dire quand j'aurais, moi-même, l'âge d'affronter cette disparition.

Je me souviens que le jour où l'on m'a offert Hoshi pour mon anniversaire – cette même année, d'ailleurs, et je n'ai compris que bien plus tard que ce cadeau était à la fois une compensation pour la période difficile que nous allions traverser et un moyen de me distraire de la maladie de mon père –, j'ai calculé mentalement mon âge potentiel à la mort naturelle de ce chien que j'ai aussitôt adoré. Un épagneul tibétain pouvant vivre entre douze et quinze ans, j'aurais entre vingt-quatre et vingt-sept ans à sa mort, ce qui voulait dire que je serais un adulte, et donc, dans mon idée, suffisamment fort pour affronter un tel chagrin. Plus que de la perte d'un être cher, que je peinais à m'imaginer, j'avais peur du chagrin qu'elle me procurerait, et de ne pas être assez robuste pour l'affronter.

Malina trouvait cette manière de voir les choses parfaitement débile et ne cessait de me répéter que la peur n'avait jamais empêché les problèmes de survenir et ne servait qu'à se gâcher la vie avant. Elle trouvait affligeant que je pense à la mort de Hoshi alors qu'il n'était âgé que de quatre mois.

– Tu peux pas, juste, être content, pour une fois ?

– Mais je suis content ! je lui avais répondu.

Nous nous sommes disputés ce jour-là, car en parlant de ma peur de la mort future de mon chien, nous en sommes naturellement arrivés à parler de la maladie de mon père.

Malina a voulu me rassurer, ou me consoler, égards dont je ne voulais surtout pas puisqu'ils donnaient corps aux risques réels encourus par mon père. Je préférais de loin nier mon inquiétude que d'être rassuré ! Mais surtout, Malina s'est adressée à moi « du haut » de son statut d'orpheline, qui faisait d'elle quelqu'un d'à part dans notre petite communauté d'écoliers et de collégiens. N'ayant plus de mère, elle avait quelque chose de plus que nous, une singularité, une histoire, un vécu qui lui donnait une aura unique. Elle semblait avoir déjà fait un pas dans le monde des adultes alors que nous autres, jeunes collégiens, encore englués dans l'enfance, n'avions soit jamais rencontré le deuil, soit, pour certains, seulement celui d'un grand-père ou d'une grand-mère, ce qui, au regard des critères de

Malina, comptait presque pour du beurre étant donné que les disparus avaient l'âge de mourir. Personne ne pouvait rivaliser avec sa propre histoire familiale, et tout ce qui pouvait nous arriver faisait office de petit bobo.

Elle s'est mise à me parler du cancer de mon père à la façon d'une grande sœur, ce qui m'a exaspéré. Je n'ai pu m'empêcher de lui rappeler qu'elle n'avait que sept mois le jour de l'accident de sa mère et qu'elle ne pouvait donc en avoir aucun souvenir !

Même si j'étais absolument persuadé que mon père allait guérir, je tenais enfin, grâce à son cancer, de quoi rivaliser avec Malina. À moi aussi, il arrivait quelque chose ! Un événement potentiellement mortel, qui plus est ! Et j'estimais que perdre son père à l'âge de douze ans, en pleine conscience, serait autrement plus grave que d'avoir perdu sa mère à sept mois quand on n'avait d'autre souci que l'heure de la tétée !

Ce à quoi, non sans à-propos, Malina m'a répondu qu'on ne faisait pas un concours, et que j'étais vraiment trop con.

Mon père, après plusieurs allers et retours à l'hôpital de jour pour ses séances de chimiothérapie, a été hospitalisé durant deux semaines au cours desquelles, parfois seul, parfois accompagné de Malina, je lui rendais visite après le collège.

Il avait maigri, sa peau était encore plus blanche que d'habitude, il avait l'air d'avoir vieilli de plusieurs années entre deux visites, mais ma mère s'obstinait à lui trouver bonne mine et à s'inquiéter de savoir s'il avait bien mangé.

Je dois à cette période quelques-uns de mes meilleurs souvenirs avec mon père qui, pour la première fois, a pris le temps de s'intéresser à mon travail scolaire. Il tenait à consulter mon carnet de liaison, à signer mes devoirs et m'a même aidé à réviser un contrôle d'histoire et un autre de maths.

Assis sur le bord du lit médicalisé à côté de mon père adossé à deux oreillers, j'ai adoré ces séances de travail, regrettant qu'elles soient trop courtes du fait de sa fatigue.

Il s'y est montré différent du père que je connaissais. Plus patient, plus ouvert, plus drôle, aussi. La boulangerie était loin, son rythme contraignant, sa routine, ses soucis, ses responsabilités. C'est étrange à dire, bien sûr, surtout avec le recul, mais c'est ainsi que je l'ai ressenti à ces moments-là : le cancer de mon père le libérait de sa vie. Il m'a permis de le regarder différemment, non plus seulement tel un père et un boulanger, mais comme un « ancien enfant » qui aurait pu devenir un homme à la vie différente de celle qu'il menait. J'ai découvert qu'il avait été un bon élève en classe, qu'il aurait aimé faire des études supérieures mais se l'était interdit par respect (et presque hommage) à ses grands-parents boulangers qui l'avaient élevé, qu'il adorait les sciences et l'histoire. À mon âge, il rêvait de devenir soit archéologue, soit chirurgien ce qui, de son point de vue, était un peu la même chose.

À ces confidences, je lui ai demandé s'il regrettait.

– Regretter quoi ?

– D'être boulanger ? De ne pas avoir fait les métiers dont tu rêvais ?

Il a réfléchi un instant, puis m'a répondu que non.

Il a encore pris un temps avant d'ajouter :

– J'ai toujours aimé le métier de boulanger. J'adorais regarder travailler tes arrière-grands-parents. J'aimais les aider à la boutique. Non, je ne regrette pas. Mais c'est drôle, je me rends compte que je ne me suis jamais posé la question !… Chirurgien, tout ça, c'étaient des rêves. J'y pensais quand j'avais ton âge, mais sans me dire que c'était pour moi, tu comprends ? On a tous besoin de rêves, pas forcément de les réaliser.

Il s'est tu ensuite, de nouveau pensif, et je me suis demandé s'il disait la vérité, ou plutôt, car je le savais sincère, s'il connaissait vraiment la vérité. Mon père menait-il la vie qu'il aurait voulue ? Si, par miracle, il pouvait recommencer, ferait-il les mêmes choix ?

J'ai obtenu deux excellentes notes à mes contrôles, et je crois qu'elles ont été pour lui deux victoires contre la maladie.

Mon père est sorti de l'hôpital, puis il a reçu la cinquième et dernière série de séances de chimiothérapie prévue dans son traitement. Le lendemain, il avait rendez-vous à

10 heures 15 du matin avec son cancérologue pour savoir si le traitement avait été efficace ou non.

C'était un jeudi matin. Malina et moi serions au collège alors que le sort de mon père était en train de se jouer.

De 10 à 11, ce jour-là, je me souviens que nous avions SVT. Malina était assise près de moi et m'a pris la main à 10 heures 15 précises. J'ai imaginé mon père assis devant le bureau de son médecin pour entendre le verdict. Quels que soient les mots simples ou savants qu'à ce même instant, cet homme était en train de choisir pour s'adresser à mon père, il ne pouvait y être question que de vie ou de mort. Ni Malina ni moi n'avions de téléphone portable, et il nous a fallu attendre la fin des cours, à 17 heures 10, pour connaître le verdict.

Ma mère nous attendait dans sa voiture devant la grille du collège, ce qui n'était pas dans nos habitudes. Un grand sourire a illuminé son visage dès qu'elle nous a aperçus dans la foule des collégiens.

Un cancérologue ne prend jamais le risque de dire à un patient qu'il est guéri, mais la chimiothérapie avait eu l'effet escompté. Les tumeurs au poumon de mon père avaient disparu.

Ça a été pour la famille une « libération », comme dans les films de guerre.

Mon père avait échappé à la mort et nous sommes entrés dans une période plus heureuse que jamais, plus légère. Nous avons savouré chaque instant du restant de l'année.

Puis la vie a repris son cours normal, sans plus d'émerveillement, à la façon dont on oublie les bonnes résolutions de la nouvelle année au bout de quelques jours. Mon père est redevenu le boulanger que j'avais toujours connu.

Quatre ans plus tard, peu de temps après avoir fêté mes seize ans, contre toute attente, le cancer est repassé à l'attaque.

HELMUT

Fidèle à mon imagerie de films de guerre, j'ai donné au cancer de mon père un prénom allemand. Helmut, qui se prononce *Helmout*, m'avait toujours amusé, et me permettait de dédramatiser la situation.

Car dès l'annonce de la rechute, l'horizon s'est obscurci pour la famille : même les jours de soleil, un ciel bas et gris pesait pour nous seuls qui semblions avoir fait un pas de côté de la vie, plus rien ne nous parvenant du monde sans le filtre de la maladie et de l'angoisse.

Même Hoshi, qui avait maintenant quatre ans, peinait à nous faire sourire. Il semblait avoir parfaitement compris la situation et se montrait particulièrement attentionné, surtout avec moi, comme chaque fois qu'il me sentait triste ou soucieux. Il a même repris l'habitude de me lécher l'oreille, ce qu'il avait plus ou moins cessé de faire en devenant adulte.

Le plus inquiétant, à mes yeux, était ce que je devinais derrière l'attitude de mon père à la veille de reprendre les armes contre Helmut. Il savait trop bien ce qui l'attendait, la souffrance, l'épuisement physique, les nombreux effets secondaires de la chimiothérapie. Il semblait abattu à l'avance.

Quand j'en ai parlé à Malina, elle m'a affirmé ne pas ressentir la même chose que moi, et ne pas trouver le moral de mon père différent de la dernière fois. Je ne l'ai pas crue, mais j'ai fait semblant, et me suis accroché à ce mensonge. Après tout, j'avais mûri, et plus que le comportement de mon père, c'était peut-être mon regard sur lui qui avait changé, qui s'était aiguisé ! Et puis, sans doute aussi, mes parents étaient-ils moins soucieux de me protéger maintenant que j'étais « grand » ?

Mon père, avant de reprendre les séances de chimiothérapie, a dû subir une série d'examens nécessitant son hospitalisation, et c'est le premier soir de son absence de la maison, après un sinistre dîner à trois, que Malina, une fois couchée dans mes bras, m'a dit qu'elle aimerait que nous nous fiancions.

À la façon dont ma mère a accueilli la nouvelle le lendemain matin au petit-déjeuner, j'ai deviné qu'elles en avaient déjà parlé toutes les deux sans moi.

J'ai aussitôt compris que cette fête de famille en préparation, comme l'arrivée de Hoshi quatre ans plus tôt, était un dérivatif à la maladie et à la vague d'angoisse qu'elle déversait sur nous tous, sorte de ligne Maginot familiale.

– On n'aura qu'à faire ça en juillet, quand ton père ira mieux, m'a dit ma mère, le calendrier des Postes à la main.

Une date, un projet pour quand mon père serait guéri. Un bond mental et superstitieux au-delà de la maladie.

Une poignée d'heures plus tôt, si je n'avais pas osé dire à Malina que j'estimais que notre amour n'avait aucun besoin d'une telle officialisation – façon parfaitement hypocrite par laquelle, même mentalement, j'exprimais le fait que je préférerais me casser une jambe plutôt que de me fiancer –, je comptais bien trouver un meilleur moment pour le lui expliquer sans la blesser dans les jours à venir. Et voilà que, le petit-déjeuner à peine entamé, une date était quasiment arrêtée ? À quand la liste des invités et le menu du repas ?

J'en avais le souffle coupé, tout comme mon appétit. J'entendais déjà ma mère me dire : « Ton père va être tellement déçu » si jamais je trouvais un jour le courage de lui affirmer que je ne voulais pas de ces fiançailles ! Ou bien : « Ça va lui faire un choc, à ton père, quand il va apprendre ça ! » Je me sentais pris au piège et, cette fois, un bac S avec mention ne pourrait pas venir à mon aide !

J'étais furieux, mais pas en colère et donc, comme toujours, incapable de me rebeller. Condamné à ruminer, puis à me résigner. Pas d'inquiétude : je finirais bien par réussir à me convaincre que, moi aussi, j'avais envie de cette cérémonie !

Outre à moi-même, j'en voulais à Malina, mais plutôt que de m'expliquer, je lui ai fait la tête, comptant bien, non sans lâcheté, qu'elle mettrait cette mauvaise humeur sur le compte de la maladie de mon père.

LA DISPUTE

Et les bombardements ont repris. Plus intensifs que jamais, plus durs à supporter pour mon père. Cette fois, il a commencé à perdre ses cheveux, par touffes entières, effet secondaire du traitement si classique qu'il en devient un cliché, mais n'en est pas moins très impressionnant.

Un soir, après la deuxième des nouvelles séries de chimiothérapie, Malina et moi avons entendu mes parents se disputer, ce qui ne leur arrivait jamais. Nous ne comprenions pas tout, mais il était question de métastases, de résultats d'analyses décevants, puis le ton est monté encore et nous avons perçu plus précisément des bribes de phrases, surtout de ma mère dont la voix portait plus loin :

« Comment tu peux dire ça ?… Et moi, tu y penses, à moi ?… Et à Nico ?… Tu n'as pas le droit, Antoine, je t'interdis de dire des choses pareilles ! Tu m'entends ? »

Puis une porte a claqué, et nous avons encore perçu un sanglot, suivi, quelques instants plus tard, de la voix plus basse de ma mère, au rez-de-chaussée, sa voix typique de quand elle appelle Virginie au téléphone pour une conversation de femmes.

Malina et moi n'avons rien dit, allongés, les yeux ouverts, dans le noir.

Le lendemain matin, nous avions un contrôle de français de deux heures, que nous avions préparé ensemble. Nous travaillions toujours à deux, ce qui était très pratique pour réviser, l'un interrogeant l'autre à tour de rôle, mais nettement plus compliqué quand il s'agissait de rédiger un travail à la maison sans que l'on puisse ensuite nous accuser d'avoir copié l'un sur l'autre. Il devait être très rare qu'un prof ait dans une même classe deux élèves vivant sous le même toit, à part pour des jumeaux, ou des frère et sœur, dont l'un aurait du retard ou de l'avance, et encore très exceptionnellement puisque, la plupart du temps, l'administration répartit les fratries dans différentes classes. Un couple vivant ensemble dans une même classe était une exception qui nous demandait un supplément de travail et d'imagination pour que ça n'influence pas les corrections de nos professeurs.

Quoi qu'il en soit, ce matin qui a suivi la dispute entre mes parents, après une nuit durant laquelle je n'avais trouvé le sommeil que difficilement, je n'ai pas eu la force d'aller en cours. J'ai séché, pour la première fois de ma vie. Malina a accepté de dire au professeur principal que j'étais malade mais estimait que m'attirer des problèmes au lycée n'arrangerait rien, bien au contraire, à la situation. Elle avait raison, mais j'avais absolument besoin d'être seul pour trier mes idées et réfléchir à ce que je devinais de l'état de mon père et ce que je ne voulais pas encore comprendre. Peut-être aussi que la maladie de mon père me donnait un sentiment d'impunité ? Si je me faisais prendre au lycée, ne pourrais-je jouer les victimes en brandissant Helmut, tel un bouclier ? Le proviseur serait certainement plus compréhensif et indulgent qu'en temps normal. Quant à mon père, il avait bien autre chose à faire que de me disputer, et je ne doutais pas de parvenir à attendrir ma mère en cas de besoin.

Après avoir erré un peu dans les rues de Chartres, je suis allé me réfugier dans la cathédrale, non pour prier - je ne savais pas comment il fallait procéder, à part les quelques mots répétés après ma mère, le soir, en me couchant, quand j'étais petit - mais pour penser librement, pour me retirer du mouvement de la vie.

Là, au calme, la lumière du jour tamisée par les vitraux et les bruits de la ville assourdis par les murs épais de l'édifice vieux de plus de neuf siècles, je me suis apaisé.

Enfin seul !... Si je n'ai certainement pas formulé cette exclamation, elle n'en traduit pas moins ce que j'ai ressenti après m'être assis sur l'un des bancs de bois de la nef. Et j'ai compris à l'instant combien ma vie était pleine de monde, de bruits, de paroles et sans aucun moment de solitude.

J'avais seize ans, je vivais chez mes parents, mais je vivais aussi en couple ! Les combles étant restés en l'état, ma chambre du premier n'était plus la mienne depuis deux ans, mais la « nôtre ». Je la partageais avec Malina, jour et nuit, nous y faisions nos devoirs ensemble, nous y dormions ensemble, nous y faisions l'amour, nous y partagions nos grasses matinées le week-end… Nous partagions aussi nos petits-déjeuners, nous nous rendions au lycée ensemble, y suivant le même emploi du temps, y mangeant ensemble à la cantine et revenions main dans la main à la maison, le soir. Même nos activités extrascolaires étaient identiques et synchronisées, à commencer par le tennis. En fait, il n'y avait que quand j'allais promener Hoshi que je me retrouvais seul, et dans les moments que Malina partageait avec son père et son demi-frère.

J'ai d'ailleurs souvent repensé à cette période depuis, à la singularité de la situation et surtout au fait que les adultes qui nous entouraient, Malina et moi, aient fait comme s'il était normal que nous vivions quasiment en couple. En parlaient-ils entre eux ? Sandro s'était-il inquiété ouvertement auprès de mes parents que sa fille continue de dormir dans la même chambre que moi ? Ou bien était-il trop occupé par sa nouvelle vie et son fils pour s'en soucier ? La maladie de mon père l'avait-elle retenu d'en faire la remarque à mes parents qui, c'était un fait, avaient bien d'autres chats à fouetter que de m'aménager une chambre dans le grenier ? À moins que l'habitude, depuis notre enfance, de nous voir ensemble, tels deux fiancés, deux promis, ait suffi à le rassurer. Peut-être, à cet âge où les enfants n'en sont plus, Sandro préférait-il savoir sa fille avec moi, qu'il connaissait depuis toujours, plutôt que flirtant avec des inconnus ?...

Ce matin-là, dans la cathédrale de Chartres, personne ne savait où je me trouvais et mon portable était éteint. J'ai expiré longuement, fermé les yeux, et savouré ce sentiment inédit de liberté.

Je me suis alors souvenu d'une semaine particulière, en sixième, que j'avais complètement sortie de ma mémoire. Malina, qui a toujours eu une santé de fer, avait exceptionnellement attrapé la grippe et était restée clouée au lit du lundi au samedi. C'était la première semaine de ma vie où j'étais allé en cours sans elle. Et ce qui me revenait des années plus tard dans la cathédrale de Chartres, comme une évidence, c'est que j'avais adoré ça. J'avais aimé ces journées au collège sans Malina, le rapport différent, et plus détendu, que j'avais eu avec les camarades de classe, filles et garçons, les jeux différents auxquels j'avais pris part aux récréations, et même les plats inhabituels que j'avais mangés à la cantine. Je n'étais plus le même sans le regard de Malina sur moi, et je me suis souvenu que le lundi suivant, quand nous sommes repartis au collège ensemble, j'avais eu l'impression d'une rentrée des classes après des vacances.

Ce qui m'a le plus étonné en repensant à cette semaine vieille de cinq ans, c'est que j'ai occulté complètement ce plaisir de m'être retrouvé seul durant une semaine entière. Pourquoi avoir enfoui ce détail, qui n'en était pas un, au fond de mon inconscient ? Qu'est-ce que cela signifiait au juste ?

La vie ne m'avait pas encore enseigné que l'on peut aimer une personne sans avoir forcément envie d'être tout le temps avec elle. Encore moins que l'on peut aimer mieux, et plus justement, en prenant soin de garder des zones de liberté, de secret et d'individualité.

Je n'ai pu m'attarder plus longuement sur cette question, rapidement rattrapé par ce qui m'avait conduit jusqu'à la cathédrale de Chartres : le besoin de mettre de l'ordre dans mes idées, dans mes émotions et mes peurs. Le besoin de reconstituer sans détours le puzzle de la dispute entre mes parents.

Je n'ai eu aucun mal à le faire ; les pièces manquantes étant peu nombreuses et facilement identifiables : ce que ma mère avait reproché si vivement à mon père la veille au soir était son désir d'arrêter son traitement.

Les battements de mon cœur se sont accélérés une fois cette vérité établie.

Je suis resté assis de longues minutes sans bouger, l'esprit en ébullition, mais sans qu'aucune pensée construite ne me vienne, sinon, tournant en boucle, celle que mon père était prêt à renoncer à vivre, à baisser les bras devant Helmut, à capituler.

À mourir.

MÉLANCOLIE

Les pas d'une vieille femme m'ont tiré de mes pensées. Je l'ai regardée remonter la nef puis glisser une pièce dans un tronc avant d'allumer un cierge devant lequel elle est restée longtemps immobile, mains jointes, yeux fermés. Pour qui priait-elle ? Un mari, un ami, un enfant ? Un malade, un défunt ?...

J'ai repensé à ma mère qui, le soir, au moment de venir me dire bonsoir, demandait à Dieu sa protection pour ceux que nous aimions. Je me suis souvenu qu'à l'époque, je me demandais bien de quoi il fallait nous protéger, sinon du risque éventuel de se faire écraser par une voiture. Je n'avais pas l'idée, alors, que l'on pouvait mourir d'un cancer la moitié de sa vie à peine atteinte... Ma mère s'était-elle remise à prier depuis que mon père était malade ? Dieu avait-il des compétences en médecine ? Pourrait-il aider mon père à combattre Helmut ?

J'ai fermé les yeux. Je ne risquais rien à tenter ma chance. Au pire, si Dieu n'existait pas, ma prière serait inefficace et inutile, mais elle ne pourrait pas nuire à mon père !

J'ai eu beau me concentrer, rien n'est venu. Je me suis obstiné encore, mais j'ai été incapable de trouver les mots pour m'adresser à Dieu.

J'ai rouvert les yeux. La vieille femme était repartie. Je me suis levé et suis sorti à pas lents de la cathédrale, frappé par le bruit de la ville en retrouvant la lumière du jour.

J'ai dirigé mes pas vers les jardins derrière la cathédrale où, enfants, nous allions souvent jouer, Malina et moi. Je suis descendu jusqu'à la pelouse taillée en labyrinthe qui m'a semblé bien plus petite que dans mon souvenir. J'ai eu envie de pousser jusqu'à la ville basse, le long de l'Eure où, reprenant l'itinéraire de l'une des rares promenades que nous faisions souvent en famille, je me suis senti changé, vieilli, et agréablement triste. Je marchais chargé de souvenirs, le présent mêlé au passé, avec dans mes pas, très présent, très vivant, l'enfant que j'avais été.

C'était, je crois, ma première expérimentation de la mélancolie. Il n'y avait pas de regret dans mon humeur, aucune nostalgie, mais la conscience pleine du temps qui passe, de la vie qui avance sans se retourner, sans deuxième essai, et je me suis demandé ce que pouvait ressentir un homme tel que mon père, de quarante et un ans, autour de qui la mort s'était mise à rôder. La peur sans doute? Le sentiment d'injustice? La colère? Le regret? Le fatalisme? Une forme de sagesse?...

Puis ces pensées m'ont guidé jusqu'à une autre, qui était une évidence mais n'en était pas moins pour moi une révélation. Helmut, pour mon père, était une vieille connaissance! Si j'avais neuf ans lors de la première attaque, cela faisait sept ans que mon père cohabitait avec le cancer, et donc depuis ses trente-quatre ans. Soit dix-huit ans de plus que mon âge au moment où je me faisais ces réflexions. À seize ans, mon père n'imaginait certainement pas que dix-huit ans plus tard, il serait atteint d'un cancer des poumons. Comme moi, il avait, sans doute, une idée très floue de sa mortalité et la certitude d'avoir la vie devant lui pour y penser.

Suivant toujours la rivière, je suis arrivé en face de «la petite Venise», où nous mangions parfois une glace et louions un pédalo ou une barque. C'est ici que mon père, un dimanche après-midi d'été, m'avait appris à ramer, m'enseignant, à ma grande surprise, qu'il fallait se mettre dos au mouvement de la barque. Quel âge avais-je alors? Et lui? Était-il déjà malade? Ou bien à quelques mois d'apprendre qu'il l'était?

La guinguette était fermée en cette saison, et le Parc des bords de l'Eure désert.

J'ai regardé ma montre. La matinée était déjà presque envolée. Malina devait être en train de rendre sa copie de français. L'imaginant bientôt à la cantine, j'ai éprouvé un frisson familier dans le ventre, un pincement d'angoisse et de culpabilité. Je me suis senti seul et, cette fois, ce n'était pas une sensation agréable. Au fil de ma promenade, mon sentiment de solitude s'était chargé de la notion confuse d'irréparable. Et d'éphémère, aussi.

J'aurais aimé que Malina soit là, sentir sa main dans la mienne, le parfum si familier et rassurant de sa peau, entendre sa voix, m'en remettre à son bon sens et à son affection. Cette fois, sa présence à mes côtés me manquait.

J'ai frissonné. Il faisait gris et humide. J'ai pris conscience que j'avais faim et j'ai rebroussé chemin.

Revenu le long de la cathédrale, cloître Notre-Dame, j'ai réfléchi à ce que je pourrais bien m'acheter à manger. Un sandwich dans une boulangerie était trop risqué : tous les concurrents de mes parents me connaissaient, et à cette heure-ci, j'aurais dû être à la cantine ! J'envisageais de me rabattre sur le traiteur asiatique, rue de la Pie, quand je me suis brusquement immobilisé devant le café Serpente.

Ma mère était en train d'y déjeuner, attablée derrière une porte-fenêtre. Ma première idée a été que si elle me voyait, elle comprendrait aussitôt que je n'étais pas au lycée. La seconde a été qu'elle non plus n'était pas censée être là à cette heure de la journée.

J'ai fait un pas en arrière pour pouvoir l'observer sans être vu à travers la vitre. Elle parlait beaucoup, très animée, puis s'est arrêtée soudain, semblant à court de mots. Je crois bien qu'elle s'est mise à pleurer. À travers la petite table en bois, une main s'est posée sur la sienne. Celle de l'homme qui lui faisait face, et que je ne connaissais pas.

LE MENSONGE

J'ai finalement avalé un sandwich grec. J'ai traîné un peu l'après-midi puis ai pris le bus pour rentrer à la maison sans attendre Malina. Je ne courais aucun risque : ma mère devait être retournée à la boulangerie et mon père avait rendez-vous à l'hôpital, cet après-midi-là.

Hoshi m'a fait la fête, et l'instant d'après, j'ai sursauté en entendant la voix de mon père.

– C'est toi, Nico ? Tu veux bien monter, s'il te plaît ?

J'ai juré à voix basse. Je n'avais aucune raison d'être à la maison si tôt ! J'étais foutu, et je suis monté à l'étage du pas lourd du condamné.

Mon père était dans la salle de bains, torse nu, et sa maigreur m'a frappé. Il avait une serviette autour du cou, et ce qui lui restait de cheveux était mouillé.

– T'es pas à l'hôpital ? je lui ai demandé pour me donner un peu de sursis.

– Non. La séance a été repoussée. Viens, j'ai un service à te demander.

Pas un mot à propos de mon retour anticipé, du fait que Malina était encore au lycée... Mon père a enchaîné :

– Je n'en peux plus de voir ma tête, et j'en ai ras-le-bol de porter une casquette !... Est-ce que tu peux m'aider ? Avec la chimio, je suis crevé, j'ai les mains qui tremblent... C'est pas très marrant, je sais, mais j'ai pas envie de demander ça à ta mère ce soir, quand elle va rentrer de la boutique.

J'ai enfin compris ce que voulait mon père, et ce qu'il faisait à cette heure, torse nu dans la salle de bains.

J'ai dit :

– Bien sûr, Papa, pas de problème !

Il m'a souri et m'a désigné la tondeuse, à côté du rasoir et de la crème.

Mon père s'est assis sur un tabouret et je me suis placé debout, derrière lui. J'ai mis la tondeuse en marche et ai commencé à supprimer ce qui lui restait de cheveux, les regardant tomber par touffes sur ses épaules, sur ma main, sur le carrelage blanc, comme chez le coiffeur.

Hoshi se tenait à l'entrée de la cuisine, assis, étonné mais immobile. Quand j'ai arrêté la tondeuse, le silence qui régnait dans la maison nous a enveloppés.

Mon père s'est levé pour se regarder dans le miroir au-dessus du lavabo. Il n'avait plus qu'une fine couche de cheveux sur le crâne, façon barbe de trois jours, mais pleine de trous.

– Ah ! C'est déjà mieux ! s'est-il exclamé. Prends la serviette…

Disant cela, il a fait couler de l'eau chaude dans le lavabo, dans laquelle il a ensuite trempé la serviette pour que je puisse humidifier son crâne avant d'y étaler la crème à raser.

C'était une sensation très étrange que de passer ma main sur le crâne presque lisse de mon père, d'autant que nous n'avions jamais été très forts, ni lui ni moi, pour les contacts physiques.

J'ai néanmoins fait mousser la crème, par petite rotation, en massant, pour bien hydrater sa peau et attendrir les poils.

Puis j'ai pris le rasoir jetable, un peu fébrile.

– Vas-y franchement, n'aie pas peur de me couper. C'est moins compliqué que de se raser le visage, c'est lisse et il n'y a pas la bouche au milieu !

Lentement, avec application, j'ai donc rasé la tête de mon père, sentant mon émotion monter au fur et à mesure que je dégageais sa peau, traçant des bandes rectilignes dans la mousse et dans le poil. J'ai senti une larme couler sur ma joue, puis une autre… Par bonheur, mon père, puisqu'il était assis, ne pouvait voir mon reflet dans le miroir.

Ce nouveau look a fait un choc à Malina quand elle est rentrée du lycée, puis à ma mère deux heures plus tard.

Elle est restée plusieurs secondes immobile, incapable de prononcer un mot. Puis elle a enfin souri, et dit à mon père en l'embrassant que ça lui allait bien.

C'était vrai. Le crâne rasé lui donnait un aspect plus affirmé, plus «viril», et je me suis demandé si ça m'irait bien, à moi aussi !

Ce changement avait fait du bien au moral de mon père qui, durant le dîner, s'est montré plus bavard que depuis longtemps.

Il a même pris des nouvelles de mon contrôle de français, ce que je n'ai pu m'empêcher de trouver sacrément ironique, et qui a fait sourire Malina, enchantée de me voir obligé d'improviser un mensonge.

Puis mon père a demandé à ma mère comment s'était passé son déjeuner, puisque, exceptionnellement, je l'ai compris à leurs quelques mots échangés, elle l'avait appelé pour le prévenir qu'elle ne rentrerait pas déjeuner avec lui à la maison comme elle le faisait chaque jour depuis qu'il était en arrêt maladie.

J'ai regardé ma mère, qui avait l'air nerveux.

– Très bien, elle a répondu. On a été au Serpente. Virginie était en pleine forme.

Sentant mon regard stupéfait sur elle, ma mère m'a regardé un court instant, puis a ajouté à l'intention de mon père :

– Son nouveau fiancé lui réussit. Je crois que c'est le bon, cette fois !

P.

Qui était cet homme avec qui ma mère avait déjeuné en secret ?

Qui était-il pour elle, et comment interpréter son geste au restaurant, quand ma mère s'était mise à pleurer ?

Un ami, bien sûr, ou bien même un collègue, peut prendre la main d'une femme qui a du chagrin. Si ma mère n'avait pas menti à mon père, c'est ce que j'aurais pensé, oubliant ce dont j'avais été témoin. Mais ce mensonge changeait complètement la donne. À sa lumière (ou plutôt son ombre), ce geste affectueux prenait de l'importance. Rendu secret et mystérieux par la dissimulation, il n'avait plus rien d'anodin.

Ma mère ne voulait donc pas que mon père sache avec qui elle avait déjeuné, pour qui elle n'était pas rentrée à la maison comme tous les midis… Pourquoi ? Connaissait-il cet homme ? Ou pas ? Aurait-il pu, ou dû, s'étonner de le voir prendre la main de sa femme dans la sienne ?

Je regrettais de ne pas l'avoir regardé avec plus d'attention. Je n'avais observé la scène que superficiellement, fébrilement, par petits bouts, et toujours dans l'axe de ma mère, comme si je n'avais pas réellement voulu voir qui lui faisait face. Comme si je n'avais pas voulu regarder les choses en face. Je la revoyais parler avec agitation. Je me souvenais qu'il y avait une assiette devant elle mais dont elle ne touchait pas le contenu. Je l'avais ensuite vue se taire, et pleurer. Puis je me souvenais très nettement de la main prenant la sienne par-dessus la table. Le reste était flou, distant.

Ma première pensée avait été que je n'avais jamais vu cet homme. Avec certitude. Pourtant, les jours qui ont suivi, je me suis mis à en douter. Quelque chose, confusément, remettait cette conviction en cause, alors même que j'aurais été incapable de décrire l'homme qui avait posé sa main sur celle de ma mère. De la même façon qu'il m'arrivait de tenter en vain de me souvenir d'un rêve qui m'échappait au réveil, je ne parvenais pas à retrouver mentalement les traits du visage de l'inconnu. Seulement une impression. Je ne l'avais pas reconnu, mais quelque chose dans sa silhouette, dans sa présence même, m'était familier. L'avais-je déjà croisé ? Était-il un ami de mes parents qu'ils voyaient très rarement ? Ou bien un commerçant de Chartres, l'un de ceux qui faisaient partie de leur association professionnelle ? Un client de la boulangerie ? Un voisin ? Une personne de l'environnement de Sandro, le père de Malina ?... Il n'y avait pas dix mille possibilités dans le monde encore étroit qui environnait mon existence. Le tennis ? Le lycée ? Ce type était-il est un prof croisé durant ma scolarité ?...

Après de nombreuses hésitations, j'ai décidé de ne pas en parler à Malina, de garder ce secret pour moi.

Était-ce pour protéger ma mère ? Ou bien mon père ? Mais les protéger de quoi ?... Est-ce que je ne me confiais pas à Malina parce qu'elle était une femme, et donc forcément complice de ma mère (comme dans cette histoire de fiançailles que je n'avais toujours pas digérée) ? Mais complice de quoi ? N'étais-je pas en train de monter en épingle un événement qui n'en était pas un ?

Cette histoire tournait à l'obsession. Déjà, je ne regardais plus ma mère de la même façon. D'ailleurs, je ne la regardais plus, je l'épiais. Le moindre de ses gestes, de ses regards, ce qu'elle disait et ce qu'elle ne disait pas, ses humeurs, ses impatiences, ses soupirs, ses sourires... Je ne me contentais plus de regarder ou de voir, j'interprétais.

Le mensonge avait glissé le poison du doute dans les moindres recoins de notre vie quotidienne. À quoi (ou à qui) pensait ma mère, à table, alors que son regard partait un instant dans le vide ? Où était-elle (ou avec qui) quand elle disait être au yoga ou à la piscine avec Virginie ? Pourquoi gardait-elle sans cesse son portable dans sa poche plutôt que de le laisser traîner un peu partout comme nous le faisions tous ? Pourquoi était-il toujours réglé sur silencieux ? Était-ce vraiment pour ne pas déranger le repos de mon père ou bien plutôt pour pouvoir être jointe à son insu ?

Elle ne pouvait plus recevoir ou rédiger un SMS sans que je pense à l'inconnu du café Serpente. Sans que je me demande si elle n'était pas en train de nous cacher quelque chose.

Je me détestais de me poser ces questions, de faire ces suppositions, mais je ne pouvais m'en empêcher.

Il fallait que je sache.

À seize ans, tributaire des horaires du lycée que, de plus, je partageais avec Malina, ce qui me laissait peu de liberté de mouvement, je ne pouvais pas me mettre à surveiller ma mère avec les techniques d'un détective privé ou d'un flic. La filature n'était pas dans mes moyens. Je ne pouvais pas non plus mettre son téléphone sur écoute, comme dans les films d'espionnage. En revanche, je pouvais en explorer le contenu, à condition de parvenir à le subtiliser discrètement à un moment où il était allumé, étant donné que je ne connaissais pas son code PIN. J'aurais pu, aussi, tenter de lire ses mails, mais l'ordinateur était dans la chambre de mes parents et mon père, déjà, ne quittait presque plus son lit.

Ce n'est qu'à ce moment-là que j'ai remarqué que ma mère ne se défaisait jamais de son téléphone portable qui était tout le temps dans son sac à main quand elle était à l'extérieur et dans sa poche de pantalon quand elle était à la maison. Cette constatation n'a fait que renforcer ma conviction que j'y trouverais réponses à mes questions, mais n'arrangeait pas mes affaires. Comment me procurer l'engin pour pouvoir le fouiller ?

J'ai dû attendre plusieurs jours avant qu'une occasion se présente enfin.

C'était un après-midi où, exceptionnellement, Malina et moi terminions les cours à 15 heures et où nous avions décidé de rejoindre ma mère et Virginie qui avaient l'habitude de nager ensemble le lundi à la piscine.

Les vestiaires étaient mixtes, et au moment où ma mère a fermé le casier dans lequel étaient rangées ses affaires et son sac à main, j'ai eu le temps de voir le code secret qu'elle a composé sur le clavier : *1-9-9-6*.

1996, l'année du mariage des mes parents. Ce détail m'a touché et n'a fait qu'accroître le sentiment de culpabilité que je ressentais, à l'avance, pour ce que je m'apprêtais à faire.

Nous avons commencé nos longueurs, Malina et Virginie étant de bien meilleures nageuses que ma mère et moi. J'ai bientôt prétexté une envie pressante pour sortir du bassin. Je me suis rendu directement aux vestiaires et j'ai composé le code secret de ma mère.

Mon rythme cardiaque a piqué un sprint quand le casier s'est ouvert. J'ai failli renoncer. J'aurais dû. Non seulement mon comportement était minable, mais surtout, j'étais sur le point d'apprendre des choses sans la connaissance desquelles je me serais mieux porté dans les mois qui ont suivi.

Ce jour-là, et les suivants, j'ai appris qu'il y a certaines vérités qu'il est préférable de ne pas connaître.

Je n'ai hésité que quelques secondes car mon temps était compté. J'ai ouvert le sac de ma mère, et y ai trouvé son téléphone qui, comme je le pensais, n'était pas éteint. Je me suis directement rendu dans la boîte de réception des SMS.

J'ai été servi :

« Oui, bien sûr. Demain à 12 heures 30 au même endroit. J'ai hâte, mon amour. Je pense à toi. »

« Je comprends ce que tu ressens. Je suis mal placé pour parler de ton mari, mais sache que ce qui lui arrive, ce qui vous arrive, m'attriste beaucoup. Tu peux et pourras toujours compter sur moi. »

« C'était bon de te voir. Tu me manques déjà. »

« Essaye de te libérer s'il te plaît ! Je peux venir à Chartres. Ça fait trois semaines qu'on ne s'est pas vus, c'est trop long. »

« Garde espoir. Le courage, je sais que tu n'en manques pas. Je t'aime. »

Je tremblais en lisant ces messages reçus par ma mère. Ils provenaient tous du même numéro de portable, répertorié dans le téléphone sous une simple lettre suivie d'un point : *P.*

Le temps filait. Je devais retourner dans l'eau au plus vite. J'ai ouvert mon propre casier pour en sortir mon portable dans lequel j'ai copié deux numéros trouvé dans le répertoire de ma mère : *P.* et *P Home*.

J'ai tout remis en place avant de rejoindre les nageuses, les jambes flageolantes.

J'ai parcouru mille cinq cents mètres en crawl, me répétant en boucle tous les prénoms commençant par un P qui me passaient par la tête : Paul ? Pierre ? Patrick ? Patrice ? Pacôme ? Prosper ? Philibert ? Philémon ?...

LA TOUR NORD

« Oui, bien sûr. Demain à 12 heures 30 au même endroit… », disait le dernier des SMS reçus par ma mère, daté du jour où je l'avais lu.

Le lendemain, à 12 heures 30, j'étais à mon poste devant le café Serpente.

Quatre heures plus tôt, j'avais planté Malina devant les grilles du lycée sans aucune explication.

La matinée avait été longue, d'autant qu'il n'avait quasiment pas cessé de pleuvoir. Une fois de plus, les hauts murs de la cathédrale de Chartres avaient été mon refuge.

Malina m'avait envoyé des SMS entre chaque cours, me demandant ce que j'étais en train de foutre, mais je n'ai répondu à aucun.

J'ai eu envie de monter en haut du clocher de la tour nord, ce que je n'avais pas fait depuis des années.

Comme lorsque j'étais enfant, j'ai voulu compter les marches en les gravissant mais, trop préoccupé, je me suis perdu autour de deux cent cinquante alors que mon ascension nétait pas terminée.

Je suis resté longtemps au sommet, dominant la ville et les champs alentour qui ressemblaient à une maquette. J'ai imaginé ma mère, tout en bas, certainement encore à la boulangerie à cette heure et qui, si ma théorie était bonne, avait dû téléphoner à la maison pour dire qu'elle ne rentrait pas déjeuner, prétextant de voir Virginie, ou avançant je ne savais quel autre mensonge. J'imaginais aussi mon père, sans doute dans sa chambre. Il avait la visite d'une infirmière le matin et, en vérité, ni Malina ni moi n'avions réussi à savoir s'il avait ou non arrêté son traitement. Avait-il obéi à ma mère ? Avait-il, lui-même, changé d'avis ? Subissait-il des bombardements à domicile, comme lors de la première alerte, ou bien à l'hôpital, puisqu'il était censé s'y rendre encore régulièrement certains matins de la semaine ?

Difficile de poser la question directement à ma mère puisque, officiellement, je ne savais rien de leur dispute. Difficile, de toute façon, de parler à ma mère de quoi que ce soit depuis que je l'avais surprise main dans la main avec cet inconnu. Quant à mon père, il faisait tant d'efforts pour me cacher sa souffrance et son épuisement que je me serais mal vu aborder le sujet de son traitement avec lui.

Nos rapports étaient devenus étranges. Chaque jour, nous passions du temps ensemble, le plus souvent dans sa chambre où j'allais le voir quand je savais qu'il ne dormait pas, parfois dans la cuisine où il s'obligeait à faire une apparition à l'heure des repas ou bien n'importe où dans la maison, quand il m'y savait seul. Il devait moins dormir que je le pensais, et surveiller, à sa manière, la vie de la maison car souvent, il trouvait le moyen de me rejoindre quand Malina et Maman étaient sorties.

Il frappait à la porte de ma chambre, passait la tête dans l'entrebâillement et me demandait s'il ne me dérangeait pas. Puis il venait s'asseoir sur le lit, m'encourageant à continuer ce que j'étais en train de faire, le plus souvent mon boulot pour le lycée, et restait là à me regarder.

De même, quand j'allais le retrouver dans sa chambre, nous nous contentions d'être ensemble, parlant peu, et toujours de choses anodines. Il me demandait des nouvelles du lycée, du tennis, de Barthélemy, il me racontait un article qu'il avait lu dans le journal... Vraiment rien d'intéressant, et pourtant, j'avais l'impression qu'à travers ces conversations superficielles, ces petits riens, passaient des choses importantes. Beaucoup s'y exprimait sans mot.

Un jour, tout de même, nous avons parlé d'Helmut.

– Je suis désolé, Nico, m'a-t-il dit après quelques minutes de silence.

– De quoi ?

– De tout ça.

– La maladie, tu veux dire ? T'y peux rien !

– Non, bien sûr. Mais quand même... C'est pas de chance pour toi.

– Pour moi ?

Je ne comprenais pas où il voulait en venir : c'est lui qui se battait contre un cancer des poumons depuis des années, lui qui n'avait plus un cheveu sur le crâne et avait perdu neuf kilos, et c'est moi qui n'avais pas de chance ?

Il s'est expliqué.

– T'auras d'abord eu un père qui travaillait trop, et ensuite un père malade.

Je l'ai regardé, et n'ai pas su quoi lui répondre.

Nous étions dans ma chambre. Il m'a souri et s'est levé pour sortir. J'avais l'impression qu'il m'avait donné quelque chose en prononçant ces derniers mots, mais sans savoir vraiment quoi. Je n'ai pas voulu le laisser sortir sans lui répondre. Alors sans réfléchir, j'ai lancé :

– Tu sais que je lui ai donné un nom à ton cancer ?

Il s'est arrêté, la main sur la poignée de la porte, et s'est retourné.

– Un nom ?

Je lui ai alors raconté ma façon de voir les choses comme dans des films de guerre.

– Helmut, a-t-il répété plusieurs fois avant de faire un grand sourire qui a fait plisser ses joues amaigries. Helmut ! Oui, ça me plaît ! Ça me plaît beaucoup !...

Et il est sorti de la chambre avec un petit rire qui m'a donné les larmes aux yeux.

En haut de la tour nord de la cathédrale, je repensais à ce moment, et cherchais à comprendre ce que m'avait réellement dit mon père ce jour-là. Je n'y suis pas parvenu, mais en revivant cette conversation, j'ai déniché, dans les manières pudiques et silencieuses de mon père, beaucoup d'affection et d'attention à mon égard, beaucoup d'amour.

À midi, je suis redescendu sur terre, pour me poster devant le café Serpente, me positionnant de façon à ne pas risquer de me retrouver nez à nez avec ma mère quand elle arriverait pour son rendez-vous clandestin.

À 12 heures 30, je scrutais chaque visage. Des hommes et des femmes entraient dans le restaurant, seuls ou en groupes, la plupart pour des déjeuners professionnels. Il y avait aussi des tables de deux, des amies qui se retrouvaient, qui auraient pu être ma mère et Virginie, mangeant léger et parlant beaucoup, sans doute de leur travail, de leur famille, des hommes… Il y avait aussi un couple, qui semblait amoureux, et je me suis demandé si cette femme et cet homme avaient dû mentir à quelqu'un pour pouvoir être là aujourd'hui.

À 12 heures 45, toujours aucune trace de ma mère et de son inconnu.

À 13 heures, j'ai commencé à me dire qu'ils ne viendraient plus. Peut-être avais-je mal interprété le SMS ? Ou peut-être avaient-ils, entretemps, changé leur plan ?

J'ai attendu jusqu'à 13 heures 30 avant de quitter les lieux, me sentant parfaitement lamentable, ma journée perdue et mes vêtements trempés par la pluie.

PAUL

Le temps de rejoindre Lèves en bus, j'avais pris la décision de téléphoner chez l'inconnu. Pas de mon portable, dont mon numéro serait apparu sur le téléphone de mon interlocuteur, mais du fixe de la maison, qui était en numéro masqué.

Papa, cette fois, était à l'hôpital comme prévu, où Maman devait passer le chercher à 17 heures. La pluie avait cessé et j'ai laissé sortir Hoshi dans le jardin, surtout pour qu'il cesse de me tourner autour en remuant la queue car j'avais besoin de me calmer avant de mettre mon plan à exécution. Plan qui n'en était pas vraiment un. Je ne savais pas trop quoi attendre de cet appel. Une information ? Le timbre d'une voix ? Ce qui était sûr, c'est que je n'avais absolument pas l'intention de parler à l'inconnu, comptant bien raccrocher dès qu'il aurait décroché.

Je me suis planté devant le téléphone et j'ai pris une longue inspiration, puis expiré comme on soupire. Enfin, j'ai composé les dix chiffres du numéro de portable volé au répertoire de ma mère.

Après trois sonneries, je suis tombé sur la messagerie :

« Bonjour, vous êtes bien sur la boîte vocale de Paul, laissez un message après le signal sonore et je vous rappelle au plus vite. »

Paul. Derrière le « P. » mystérieux se cachait donc le premier prénom de ma liste. J'en étais presque déçu. Trop facile. Trop ordinaire. Paul.

Quant à la voix…

J'ai appuyé sur bis, pour l'entendre de nouveau. C'était un timbre assez grave, plutôt beau, comme j'aurais aimé en avoir un, moi qui avais plutôt celui, haut perché, de mon père. Cette voix dégageait une évidente assurance naturelle, un sentiment à la fois fort et paisible.

Je n'ai pas résisté à la tentation de composer l'autre numéro, celui de la ligne fixe, qui commençait par un 02, ce qui situait donc le domicile de Paul dans la région.

Cette fois, il y a eu trois sonneries avant que ça décroche. J'ai aussitôt reconnu la voix que je venais à peine d'entendre sur le répondeur du portable.

– Élevage de la Vallée, j'écoute ?…

Je suis resté figé, incapable de prononcer un mot, ni même de raccrocher.

– Allô ?… Qui est à l'appareil ?… Allô ?… C'est vous qui venez d'appeler deux fois sur mon portable ?

J'ai enfin coupé la communication, le souffle court comme si je venais de courir un cent mètres.

– T'appelais qui ?

J'ai sursauté. Je n'avais pas entendu Malina rentrer. Elle se tenait à la porte du salon et me regardait avec dans les yeux une expression que je n'y avais jamais vue, et qui m'a fait courir un frisson dans le dos.

– Heu... Personne, j'ai répondu avec mon sens de l'à-propos habituel.

– Personne ?

– C'est pas moi qui appelais. C'est le téléphone qui a sonné, mais c'était une erreur.

J'ai su immédiatement qu'elle ne me croyait pas.

– Qu'est-ce que t'as foutu toute la journée ? m'a-t-elle alors demandé.

Pour toute réponse, j'ai haussé les épaules, et je suis parti dans la chambre.

À la première occasion, je suis redescendu pour effacer les deux numéros de téléphone de Paul de la liste des appels passés, de peur que Malina ou qui que ce soit d'autre n'appuie sur la touche bis.

Toute la soirée, je me suis repassé en boucle ma non-conversation avec Paul. Sa voix, ses silences, son ton qui s'était durci quand il avait suggéré, à raison, que je puisse être la personne qui avait appelé deux fois sur son portable sans laisser de message. Il était donc là, mais n'avait pas répondu parce que c'était un numéro masqué qui appelait.

Surtout, je me souvenais de ses tout premiers mots quand il avait décroché: «Élevage de la Vallée, j'écoute», avec exactement l'intonation montante, et commerçante, de ma mère quand elle décrochait à la boutique, et disait «Boulangerie Gaboriau, j'écoute!...».

Élevage de la Vallée. Je n'avais pas noté ce détail sur le moment, bien trop ému de me retrouver en ligne avec l'inconnu prénommé Paul, mais quelques heures plus tard, je me souvenais parfaitement d'avoir entendu des aboiements derrière la voix de l'homme.

Paul était donc éleveur de chiens. Dans la région, puisqu'il avait le même indicatif téléphonique que le nôtre.

Ce soir-là, mon père n'a fait qu'une courte apparition à l'heure du dîner, fatigué par son après-midi à l'hôpital. Ma mère était tendue, fatiguée elle aussi. Quant à Malina, elle m'observait, avec un mélange d'inquiétude et de défiance.

Quant nous nous sommes couchés le soir, je redoutais qu'elle m'interroge de nouveau sur le coup de téléphone qu'elle avait manqué surprendre dans l'après-midi, mais elle n'en a rien fait. Elle s'est blottie contre moi sans un mot et a commencé à m'embrasser, puis à me déshabiller. Nous n'avions pas fait l'amour depuis plusieurs semaines et notre étreinte a été poussive. J'ai eu toutes les peines du monde à jouir. Faire l'amour tristement était une première pour moi, et cela m'a profondément déprimé.

Malina s'est endormie avant moi, sur mon bras, et cette fois, je n'ai pas voulu passer la nuit bloqué, des fourmis courant sous ma peau. J'ai dégagé mon bras, ce qui l'a fait râler doucement dans son sommeil.

Je suis resté longtemps sur le dos, les yeux ouverts, avant de m'endormir à mon tour.

BUGSY

Le lendemain était un mercredi. Nous n'avions pas cours l'après-midi, et j'ai envoyé un SMS à Barthélemy pour lui demander si je pouvais passer le voir.

Je lui ai tout raconté, et ça m'a fait un bien fou.

– C'était donc ça ? s'est-il exclamé, une fois mon récit terminé.

– Ça quoi ?

– Qui te rendait bizarre !... Tu sais que Malina est super inquiète ces temps-ci ?

– Ah bon ? Elle te l'a dit ?

– Oui. Elle ne comprend pas ce qui t'arrive. Elle commence même à se demander si tu n'aurais pas rencontré une autre fille !

Je n'avais pas pensé à ça, malgré le regard de Malina la veille quand je lui avais menti à propos du coup de téléphone.

Cette révélation éclairait la façon dont nous avions fait l'amour ensuite : pas pour le plaisir, pas pour l'amour, pas par désir mais par peur, pour se rassurer, pour se raccrocher…

J'étais ennuyé et me sentais coupable vis-à-vis de Malina, mais en même temps, quelque part en moi, tout au fond, cette situation ne me déplaisait pas, la jalousie de Malina me flattait et m'excitait. Je n'ai pas eu le temps de m'attarder sur cette sensation que Barth a enchaîné.

– En tout cas : bienvenue au club !

– Quel club ?

– Le club des enfants de parents divorcés !

– Mes parents sont pas divorcés !

– Pas *encore* ! a précisé Barth, une lueur de malice dans les yeux.

Ses parents s'étaient séparés quand il avait trois ans, son père prenant la fuite peu de temps après que le handicap de son fils eut été officiellement prononcé, n'ayant visiblement pas le courage d'affronter les années à venir. Depuis, sa mère avait eu trois compagnons, il avait deux demi-frères, l'un de dix ans, l'autre de quatre, chacun de l'un de ses deux premiers beaux-pères, et partageait depuis un an la vie de la fille du troisième, Manon, qui avait dix-sept ans.

– Ça fait combien de temps qu'ils sont mariés, tes parents ? m'a-t-il demandé.

– Vingt ans.

– Des miraculés.

Barthélemy en connaissait un rayon côté couple, non seulement parce qu'il avait été le témoin privilégié de la vie sentimentale mouvementée de sa mère depuis l'enfance, mais surtout à cause de la formation de psy de cette dernière, et de son activité d'hypnothérapeute qu'elle exerçait à son domicile, y recevant ses patients dont deux sur trois consultaient pour résoudre des problèmes de couple. Barth m'avait avoué un jour avoir « surpris » pas mal des conversations de sa mère avec l'inconscient de ses patients... en collant son oreille au tuyau de la salle de bains !

– Je t'explique, a poursuivi mon ami. D'après toi, pourquoi les gens tombent amoureux ?

J'ai haussé les épaules en guise de réponse. Je n'en savais rien du tout, ni même ce que cela faisait de tomber amoureux.

– Parce qu'ils trouvent en l'autre un écho à leurs propres blessures, a répondu mon ami à sa propre question.

– Quelles blessures ?

– Toutes celles accumulées pendant l'enfance. À commencer par la toute première : avoir été obligé de quitter le ventre de la mère. Imagine : ces quelques mois dans le ventre de la mère sont les seuls de toute la vie où l'on ne manque de rien. Pas même le temps d'avoir un désir qu'il est comblé ! On baigne dans un liquide qui nourrit sans qu'on ait faim, on a chaud, on est en sécurité. Et puis paf : le grand saut. Et là, soudain, putain, on se gèle et on a mal au bide ! C'est la panique, alors on se met à pleurer jusqu'à ce qu'on vous emmaillote dans un truc bizarre qui gratte la peau qui n'a encore jamais été en contact avec quoi que ce soit, et on vous fiche un truc tout chaud et tout humide dans la bouche d'où sort du lait qui calme enfin la douleur. Qui calme la faim. Grandes découvertes, premiers traumatismes : le froid et la faim ! Et ce n'est qu'un début ! Désormais, il faut pleurer pour être soulagé de tout un tas de trucs désagréables et frustrants. Et plus ça va, moins les pleurs sont efficaces ! On chiale, mais rien ne vient ! Il faut apprendre à attendre l'heure des repas ! Bref ! T'as compris l'idée : la vie est affreusement décevante. Et là, on accumule les blessures… Jusqu'à ce qu'on pense soudain trouver chez un ou une autre de quoi les panser ! Le miracle de l'amour… *Elle* est comme moi. *Il* est comme moi. J'ai l'impression de l'avoir toujours connu… L'amour, c'est juste de la trouille, et le besoin d'être consolé, et guéri de son enfance. Alors là, on rentre dans ce que ma mère appelle la période phéromonale. Les phéromones, tu connais ?

– Heu…

– C'est un truc chimique, genre les hormones, que secrètent les animaux, les plantes et les hommes, et qui envoient des messages à leurs congénères pour leur signaler que le bar est ouvert ! Un truc qui fait naître chez l'autre le désir sexuel, entre autres. Et ça se déclenche malgré toi quand tu as rencontré celle ou celui que tu penses être la bonne personne pour combler tes manques. Là, les amoureux s'envoient tout un tas de signaux chimiques, comme le pollen des fleurs qui attire les abeilles, si tu veux ! Et ça rend les amoureux complètement *stone* ! Ils sont shootés aux phéromones, et la vie est belle. Tout est génial chez l'autre ! Il est merveilleux, il te comprend sans même que tu aies besoin de lui expliquer quoi que ce soit, il est beau, intelligent, attentionné. Rien que de lui tenir la main entre les rayons d'un supermarché, et tu es au paradis ! Cette « usine à phéromones » dure quelques années, ça dépend des gens. On passe son temps à baiser et, en général, comme on est persuadé que ça va durer toute la vie, on fonde une famille... Sauf qu'un jour, la réserve à phéromones se tarit. C'est la faute à personne, c'est la vie ! Et là, on voit l'autre tel qu'il est vraiment, sans le halo magique, sans le pollen. Et on est vachement déçu ! Il y a des trucs qu'il ou elle ne comprend plus si vite ; soudain, il faut lui mettre les points sur les i ! Il ou elle ne comble plus aussi bien les manques, ne soigne plus aussi bien les blessures de l'enfance. L'autre n'apporte plus du tout le bien-être qu'on avait dans le ventre de la mère, cette époque merveilleuse où le manque et la souffrance n'existaient pas ! Et c'est là que les emmerdes commencent. C'est là qu'on commence à chercher une infirmière ou un infirmier ailleurs. C'est là qu'on risque de relancer l'usine à phéromones pour un autre ! Et ça finit au mieux en thérapie familiale, ce qui arrange bien les affaires de ma mère, au pire devant le juge !

Barthélemy m'a regardé, content de lui, de sa démonstration, ou plutôt de la retranscription, à sa façon, du discours de sa mère.

J'en étais essoufflé pour lui après cette longue tirade. Longue, brillante et convaincante. Sauf que, je l'apprendrais très bientôt, même si tout cela est certainement vrai, la vie est encore plus compliquée, trouvant tout un tas de raccourcis et de détours selon les individus et leur parcours. Que l'amour soit chimique au départ, pourquoi pas ? Mais ce qui compte, au final, n'est-il pas ce que les gens en font ?

Barthélemy était donc persuadé que ma mère était tombée amoureuse d'un autre et allait, à plus ou moins long terme, quitter mon père. Il pensait même qu'elle l'aurait déjà fait s'il n'était pas tombé malade.

Au passage, j'ai noté qu'il avait employé deux fois le même mot pour ma mère et pour mon père : tomber. Tomber amoureux. Tomber malade. Je n'en ai surtout pas fait la remarque, ne doutant pas que Barth ait aussi une théorie sur la question, qui me vaudrait une nouvelle brillante mais interminable démonstration.

– Quitter son conjoint n'est jamais facile, a-t-il poursuivi. J'en ai été le témoin plus que je l'aurais voulu ! Mais quitter un malade, ça relève carrément de la cruauté ! Je vais te dire, Nico, je souhaite vraiment, plus que tout, que ton père guérisse vite. Tu le sais, hein ?

– Ouais.

– Je sais pas pourquoi, mais je l'ai toujours beaucoup aimé, ton père, même si des fois, on a l'impression qu'il ne calcule personne. Mais bon, oui, il faut qu'il guérisse, et il va guérir, j'en suis sûr ! Sauf qu'en retrouvant la santé, je te parie ma chaise roulante qu'il va perdre sa femme.

J'ai fini par avouer à Barth que l'une des raisons qui m'avaient amené chez lui, outre le besoin sincère de me confier à un ami, à *mon* ami, était que je devais consulter son ordi puisque je n'en avais pas à moi, à l'époque. Barth, lui, était suréquipé, ordinateur dernier cri dans sa chambre et accès libre à internet. Or, je mourais d'envie d'aller regarder à quoi ressemblait l'« Élevage de la Vallée », qui avait certainement un site.

Il en avait un. Très complet.

J'ai d'abord appris que l'élevage se trouvait à quelques kilomètres de Chartres, dans la vallée de l'Eure, dans un village qui s'appelait Saint-Piat, rue Verte.

Il y avait des photos du bâtiment, un ancien corps de ferme à un étage, au toit d'ardoises et aux murs vieux rose. L'entrée était formée par une grande porte cochère blanche flanquée de deux lanternes, à côté du bâtiment principal.

Mais la première chose qui m'a saisi est qu'il s'agissait d'un élevage spécialisé dans les épagneuls tibétains, la race de Hoshi.

J'ai tiré une chaise et j'ai poussé le fauteuil de Barthélemy pour prendre les commandes de l'ordinateur. J'étais à la fois excité et tendu.

Le site comportait de nombreuses photos de l'intérieur de l'élevage, la cour principale au fond de laquelle, après un bosquet de bambous géants, se dressait une grange aux murs de bauge, comme toutes les vieilles fermes du coin, derrière laquelle se trouvait un grand jardin.

Il y avait surtout des photos de chiots, répertoriés par années de naissance. Des chiens si petits qu'ils ressemblaient à des cochons d'Inde sans poils.

L'un deux n'était autre que Hoshi, ce qui m'a fait un choc.

Il y avait trois photos de lui à seulement quelques jours, sa date de naissance, sa lignée, puis l'indication qu'il était placé en Eure-et-Loir.

Mon chien, le cadeau d'anniversaire de mes 12 ans, était donc né dans l'élevage de Paul, l'homme qui avait pris la main de ma mère et l'appelait «mon amour» dans ses SMS.

Ce qui voulait dire, m'a aussitôt fait remarquer Barth, que ma mère connaissait cet homme depuis plusieurs années…

– Si ça se trouve, ils se sont rencontrés justement quand ta mère t'a acheté Hoshi!

– Tu crois?

– Pourquoi pas ? Un regard, et paf, coup de foudre… et la mise en route de l'usine a phéromones !

J'ai aussitôt détesté l'idée que mon chien ait quelque rapport que ce soit avec cet homme et les mensonges de ma mère.

Je n'en ai pas moins poursuivi mon exploration du site.

Je n'y ai trouvé aucune photo de Paul, ce que j'espérais et redoutais tout en même temps. Seulement des chiots, entre quelques jours et quatre mois, sur des coussins, dans la cour, dans le jardin, jouant, courant, dormant… Plus adorables les uns que les autres.

Il y avait une rubrique concernant la toute dernière portée, dont deux chiots étaient encore à vendre. Puis une autre consacrée aux chiens et chiennes adultes de l'Élevage de la Vallée ou d'autres que l'on croisait deux fois par an pour donner de nouvelles portées. Les reproducteurs.

C'est dans cette dernière rubrique que m'attendait ma plus grosse surprise.

En cliquant sur le nom de l'un des mâles reproducteurs de l'élevage, Bugsy, j'ai vu apparaître plein écran la photo du chien noir de mes cauchemars.

RUE VERTE

J'étais complètement perdu. Le chien noir qui venait hanter mes nuits depuis des années existait donc dans la réalité. Pire encore, il était lié à l'homme avec lequel je venais de découvrir que ma mère avait une liaison secrète. Un homme de chez qui venait aussi mon chien Hoshi. Je n'y comprenais plus rien du tout, comme si la frontière entre rêve et réalité était devenue poreuse, que le cauchemar avait débordé de mes nuits sur mes jours.

Même Barthélemy a séché, lui qui était pourtant toujours prêt à dégainer une théorie quels que soient le sujet et les circonstances.

De retour à la maison, je me suis réfugié auprès de Hoshi, m'agenouillant près de lui pour le caresser. Sentant mon trouble, il s'est assis et s'est mis, consciencieusement, à me lécher l'oreille droite.

– Tu m'expliques ? je lui ai demandé.

Il n'a pas répondu et a changé d'oreille. Il employait les grands moyens pour m'apaiser. J'étais sûr qu'il en savait plus que moi, que s'il avait été doué de la parole, il aurait pu répondre au milliard de questions qui tournaient dans ma tête. Il aurait pu résoudre *Le Mystère de l'Élevage de la Vallée*.

Une fois mon oreille gauche reluisante, il s'est laissé tomber sur le tapis de tout son long et je l'ai imité, posant ma tête sur son flanc pour entendre les battements rapides de son cœur et les petits soupirs d'aise qu'il poussait de temps en temps.

C'est ainsi que j'ai laissé s'apaiser la tempête qui s'était levée en moi et que j'ai pris la décision de me rendre à Saint-Piat, à l'élevage de Hoshi, pour tenter d'y voir plus clair. J'en savais trop ou pas assez pour simplement laisser tomber et oublier.

Barth a accepté de me servir d'alibi, comme, je l'imaginais, Virginie le faisait pour ma mère. Et comme ma mère l'avait fait avec mon père, j'ai menti à Malina le samedi suivant, en lui disant que j'allais passer la journée avec Barthélemy.

Saint-Piat, en train, était sur la ligne Chartres-Paris Montparnasse. J'y suis arrivé en début d'après-midi, posant pied dans une petite gare sur les hauteurs du village. Je savais grâce à internet que l'élevage était tout près de la gare, *a priori* en bas de la rue qui traversait la voie ferrée pour plonger entre les maisons, mais j'ai tout de même préféré demander mon chemin à la seule personne descendue du train en même temps que moi, un homme dans les soixante-dix ans qui a tout de suite su de quoi je voulais parler en entendant le mot « élevage ».

– La maison des cabots ! C'est tout près, à même pas cinq minutes. Tu files tout droit et, arrivé au bout de la rue, tu es dans la rue Verte. Le chenil est la troisième maison à droite.

– Merci monsieur.

– Sinon, tu peux aussi passer par la sente ! Juste après le petit pont, il y a un chemin sur la droite, qui fait le tour du jardin et qui permet d'arriver par l'autre côté du chenil…

C'est l'option que j'ai choisie, et qui, je l'espérais, me permettrait de repérer les lieux avant d'arriver, et surtout de rallonger l'itinéraire car j'étais mort de trac à l'idée de rentrer sur le territoire du chien de mes cauchemars, mais surtout sur celui de l'amant de ma mère. Je n'avais pas trouvé de meilleure idée pour l'aborder que de me faire passer pour un éventuel client venu voir les chiots à vendre. Ensuite, j'improviserais…

J'ai trouvé le sentier après le petit pont qui n'en était pas vraiment un, juste un renflement du trottoir pour enjamber un ruisseau. C'était un étroit chemin boueux qui passait entre deux jardins, bordant le cours d'eau dont le courant agitait de longues herbes vertes.

J'ai longé un terrain où broutaient des moutons, puis celui d'une jument qui piétinait dans la boue. Enfin, je suis arrivé le long d'un grillage qui entourait un jardin que j'ai reconnu comme étant celui de l'élevage vu sur internet. Une grande étendue d'herbe entre des arbres immenses, des fruitiers palissés vers le fond, et plus loin encore, après un potager, une grande porte rouge foncé dans la grange en bauge déjà vue en photo.

J'ai longé le grillage, passant par-dessus le ruisseau qui changeait de côté et faisait le tour du jardin où je n'ai vu nulle trace de vie, ni humaine ni canine.

Un grand bruit m'a fait sursauter, que je n'ai pu identifier qu'en repérant un âne dans un terrain voisin, entre les arbres. Il a encore émis une série de braiements dont la puissance m'a surpris, tout comme leur tonalité tragique qui n'avait pas grand-chose à voir avec le « hi-han » que l'on prête volontiers à ces animaux.

Après avoir tourné à angle droit pour suivre le terrain, j'ai découvert une mare, quelques plantes aquatiques et un héron que j'ai d'abord cru fictif tant il était immobile. Mais il a soudain plongé son bec dans l'eau pour en sortir un petit poisson qu'il a avalé tout rond, donnant un coup de tête en arrière pour mieux l'ingurgiter. Le chemin passait ensuite entre les murs de plusieurs maisons avant de déboucher dans une rue étroite donnant, à gauche, dans la rue Verte. J'ai reconnu aussitôt la couleur rosée des murs de l'Élevage de la Vallée, et me suis planté devant le grand porche blanc.

Je suis resté immobile quelques secondes. Plutôt quelques minutes, pour dire la vérité. Je me parlais à moi-même, comme cela m'arrive souvent, faisant un dialogue à deux voix, les questions et les réponses, le pour et le contre, le bon et le mauvais flic.

Qu'est-ce que je fous là ? Tu cherches la vérité. La vérité sur quoi ? Sur Hoshi, sur le chien noir, sur ta mère ! Qu'est-ce que j'en ai à foutre de tout ça, au fond ? Tu en as foutre que c'est ta vie, ta mère, ton chien, tes rêves ! Et je vais lui dire quoi, à « Paulo », une fois que j'aurais raconté que je viens pour regarder les chiots ? En plus, faudrait encore qu'il me croie, à seize ans, même pas accompagné d'un adulte ! Tu verras bien ! T'auras qu'à dire que c'est un cadeau pour ta mère, que tu voudrais bien voir les géniteurs des chiots avant de te décider ! Que tu as vu sur le site que le père était un chien noir du nom de Bugsy ! Me dis pas que tu as encore peur de ce clébard ! C'est un foutu épagneul tibétain, ton monstre ! Sept kilos tout mouillé, vingt-cinq centimètres au garrot ! Et puis, il t'a jamais agressé qu'en rêve, putain ! Mais justement, c'est louche, non ? Pourquoi je vois en rêve un chien que je ne connais même pas mais qui existe vraiment ? Ben, c'est justement pour le savoir que t'es là, banane ! Que tu as pris ce foutu train, que tu as salopé tes Reebok toutes neuves dans la boue et que tu restes planté comme un con devant cette porte !

Je m'étais cloué le bec. Plus moyen de me dégonfler sans perdre la face vis-à-vis de moi-même !

J'ai donc sonné à l'interphone au-dessus duquel était écrit « Élevage de la Vallée ».

Je n'ai pas entendu la sonnerie, mais me suis douté qu'elle avait fonctionné puisque, aussitôt, des chiens se sont mis à aboyer. Je devrais d'ailleurs plutôt dire japper. Ils ne devaient être ni bien gros ni bien vieux.

J'ai attendu un peu, puis ai sonné de nouveau. Cette fois, une voix m'a répondu dans l'interphone, que j'ai aussitôt reconnue comme celle de l'homme que j'avais brièvement entendu au téléphone. Paul.

– Bonjour, j'ai dit. Je viens pour voir les chiots !

– On avait rendez-vous ?

– Heu… Ben non ! Je savais pas. Je suis venu directement.

– Ha !… Bon ben c'est pas grave, vous avez de la chance que je sois là. Je vous ouvre.

J'ai entendu un sifflement quand mon interlocuteur a raccroché l'interphone, puis une porte taillée dans le porche s'est entrouverte avec un bruit de gâche électrique.

Mon pouls s'était emballé le temps de ces mots échangés *via* l'interphone. J'ai néanmoins poussé la porte, enjambé le montant de bois pour me retrouver dans une cour entièrement close de murs en bauge. Il y avait un lampadaire sur la droite, qui ressemblait aux réverbères que l'on voit dans les vieux films, planté dans le gravier près d'une grande platebande dans laquelle était installée une lanterne japonaise. La grange que j'avais repérée sur le net était tout au fond, près des bambous aux cannes jaunes qui semblaient encore plus géants qu'en photo. La maison aux murs vieux rose était sur la gauche, faisant un L, percée de fenêtres et de portes blanches.

J'ai fait quelques pas sur les graviers, entendant les chiots aboyer à l'intérieur. Une porte s'est ouverte. Un homme est sorti de la maison, que j'ai aussitôt reconnu. C'était bien celui que j'avais vu, au café Serpente, prendre la main de Maman. Il s'est avancé vers moi, l'air jovial et accueillant, mais s'est soudain immobilisé.

Il m'a regardé, stupéfait, et m'a dit :

– Nicolas ?

DE QUOI JE ME MÊLE ?

Il connaissait mon prénom, celui de mes amis, de Malina. Il connaissait mon classement au tennis, mes résultats scolaires, le lieu de mes vacances d'été. Il savait même que ma mère trouvait mon comportement étrange depuis quelques jours, qu'elle s'inquiétait pour moi, et qu'elle avait été mise au courant par le lycée que j'avais séché les cours, et imité sa signature pour les mots d'absence.

– La CPE a préféré ne rien te dire pour l'instant, à cause de la « situation ». Isabel aussi.

Un instant, j'ai cru qu'il allait me demander ce qui m'arrivait, ou bien me sermonner, ce qui aurait eu la vertu de me permettre de l'envoyer balader, de sortir de ma stupeur, de lui demander de quoi il se mêlait.

« De quoi je me mêle ? » était plus ou moins la tonalité de toutes les réflexions, impressions et émotions qui se bousculaient en moi alors que je l'écoutais, assis sur un tabouret de bar dans sa petite cuisine. C'était comme si je découvrais que j'avais mené une double vie ici, dans cette ancienne ferme, une existence parallèle.

Cette conversation, qui était d'ailleurs plutôt un monologue tant cet homme semblait avoir besoin de parler, comme s'il retenait ce flot de mots depuis des années, s'est déroulée parmi les chiots et les chiens qui allaient et venaient, réclamaient des caresses, jouaient et s'endormaient les uns sur les autres. Tous de la même race que Hoshi. Tous adorables. Paul, de temps en temps, en ramassait un sur les tomettes pour le prendre dans ses bras, le câliner, ou bien prenait une grosse voix pour en calmer deux autres en train de se chamailler. Il m'en a désigné un couché par terre, qui ressemblait comme deux gouttes d'eau à mon chien.

– Lui, c'est un demi-frère de Hoshi ! Ils ont la même mère, Dame Goblin, qui vit à Arcachon, dans l'élevage du Fleuve d'Or. On est très peu nombreux, en France, à travailler cette race.

Puis il m'a expliqué que Hoshi était son idée, et son cadeau.

– Pour moi, un enfant grandit mieux avec la compagnie et l'affection d'un chien, et je me suis dit que ça t'aiderait à supporter la maladie de ton père...

Là, enfin, c'est sorti. J'ai parlé plus vite que je n'ai pensé :

– De quoi j'me mêle, putain !

Il s'est tu et m'a souri un peu tristement.

– Je sais, tout ça doit te paraître bizarre.

– Bizarre ! j'ai répondu, sentant que, tellement peu habitué à la colère, je risquais de me mettre à pleurer comme un gosse. Complètement dingue, oui !… C'est quoi ce bordel ! Qu'est-ce que vous venez foutre dans ma vie !

– Dans ta vie ?… Mais rien ! Je n'existe pas dans ta vie. Je te rappelle que c'est toi qui es venu me voir aujourd'hui, Nicolas.

Ce qui a bien rabattu mon caquet, et étouffé dans l'œuf ma belle colère.

– Jamais je ne me serais permis de t'adresser la parole, si tu n'avais pas sonné chez moi ! a-t-il poursuivi avant de me regarder bien en face. Si tu n'avais pas téléphoné l'autre jour…

Je me suis senti rougir.

– Vous saviez que c'était moi ?

– Disons que je m'en suis douté. Tu sais, je n'ai pas de secret, l'espionnage industriel est assez calme dans le domaine de l'élevage d'épagneuls tibétains ! Je n'ai aucun ennemi susceptible de me passer des coups de fils anonymes et de rester sans rien dire au bout de la ligne !… J'ai une vie très simple… en dehors de ta mère.

Il s'est tu un instant, et à mon tour, pour me donner une contenance, j'ai ramassé un chiot au sol, le demi-frère de Hoshi qui venait justement me renifler les pieds. J'avais oublié combien un chiot était léger et doux. J'avais oublié que j'avais connu Hoshi presque aussi petit.

Paul a souri en voyant le chiot se blottir contre moi puis, comme s'il terminait une phrase restée en suspens, m'a dit que depuis le début, il s'était attendu à ce que leur secret, à lui et à ma mère, soit découvert. Par mon père, par moi… Il s'était toujours attendu et préparé à ce qu'on lui demande des comptes, et à ce que ma mère mette fin à leur histoire du jour au lendemain pour préserver sa famille.

– Et puis non !… Enfin… Jusqu'à aujourd'hui !

J'ai alors pris quelques secondes, comme on prend son élan, avant de demander :

– Et ça dure depuis combien de temps ?

À son regard, j'ai deviné qu'il attendait cette question, qu'il l'espérait. Qu'il avait besoin de parler, de raconter. Plus tard, des années plus tard, en repensant à cette conversation, j'ai compris que cet homme avait eu besoin de tout me raconter pour qu'une fois, une seule fois au moins, son histoire avec ma mère soit « officielle », pour qu'elle existe enfin pour quelqu'un d'autre que lui et elle. Pour rompre, un moment, le secret, la clandestinité. Peut-être même, inconsciemment, avait-il espéré un moment tel que celui que nous étions en train de vivre ?

Cet homme qui savait tout de ma vie souffrait de n'être rien dans la mienne. Alors il a ouvert les vannes.

– Ta mère et moi, on s'est rencontrés en 1998.

J'en suis resté abasourdi. 1998. Deux ans après le mariage de mes parents. Un an avant ma naissance. Paul a poursuivi.

– Je connaissais Virginie, l'amie d'enfance de ta mère. J'étais en affaires avec elle. J'avais un petit appartement à vendre sur Chartres, et c'était l'agence de Virginie qui s'en occupait. Ta mère venait souvent la voir le lundi, quand la boutique d'Ivry était fermée, et c'est comme ça qu'on s'est croisés à l'agence. Il a suffi d'un regard.

Comme dans les films, j'ai pensé. Et aussitôt, l'expression de Barth m'est revenue en tête : « l'usine à phéromones ». Un regard, et paf, l'usine qui se met en route…

– Ta mère, dès la première fois où on s'est revus, m'a dit qu'elle était mariée, et qu'elle aimait son mari. Moi j'étais seul, en train de monter l'élevage. J'ai compris, je n'ai pas insisté. On ne s'est pas revus avant quatre mois, mais on n'a pas réussi à s'oublier. Alors on a décidé de vivre ce qu'on pouvait, comme des bulles en dehors de la réalité. Des moments ensemble, juste des moments, sans projets, dont personne ne saurait jamais rien… Sauf Virginie qui était dans la confidence parce que c'était le plus souvent grâce à elle que l'on parvenait à se voir. Ta mère m'a fait jurer, solennellement, de ne jamais lui demander de quitter Antoine pour moi.

Ça m'a fait drôle qu'il prononce le prénom de mon père, comme s'il s'agissait d'une vieille connaissance, d'un vieux copain. Mais de toute façon, chaque mot qu'il prononçait me faisait drôle.

– On ne se voyait pas très souvent. Deux fois par mois, trois fois maximum. La plupart du temps, c'est ta mère qui venait, sous prétexte de rendre visite à sa copine, parfois c'est moi qui montait vers Ivry. On se parlait au téléphone quand on le pouvait. Et puis, il y a eu les mails, bien sûr, et l'arrivée des téléphones portables, des SMS... Mais en fait, tu sais Nicolas, ta mère et moi, en presque deux décennies, on a passé beaucoup plus de temps à se manquer qu'à être ensemble.

Il s'est tu après cette phrase, le regard perdu dans le vide, comme s'il passait en revue ses souvenirs.

– Mais pourquoi ? j'ai alors demandé.

– Pourquoi ?

– Si c'était si compliqué, si vous passiez si peu de temps ensemble, tout ça ! Pourquoi continuer ?

– Parce qu'on s'aimait ! Parce qu'on s'aime, Nicolas.

J'ai soupiré d'agacement. Je m'en voulais de lui avoir tendu la perche. Putain, je me serais bien passé d'entendre ce type me dire qu'il aimait ma mère, et encore plus qu'elle l'aimait !

– Mais dix-huit ans, j'ai ajouté. Dix-huit ans sans rien que des petits moments volés et des mensonges, c'est nul !

– Les mensonges, ça, c'était pour ta mère. Moi, tu sais, j'ai personne à qui mentir... Tu as raison, c'est bizarre, toutes ces années sans aucun projet, je me le dis tout le temps. C'est bizarre et c'est difficile. Et c'est bien plus difficile pour ta mère que pour moi, justement à cause du mensonge et de la culpabilité. On a essayé d'arrêter, plein de fois, mais on n'a pas réussi. Il y en avait toujours un qui craquait et qui téléphonait à l'autre… C'est une drôle de chose, le manque. C'est douloureux, mais en même temps c'est fort, c'est de la vie brute. Et ça entretient l'amour… Je crois que c'est plus facile de rester amoureux quand on se manque que quand on se voit chaque jour…

Encore une pause. Encore son regard dans le vague. Dans d'autres circonstances, je crois que j'aurais trouvé cet homme sympathique et touchant. Surtout, si cette conversation n'avait pas concerné ma mère, je crois qu'elle m'aurait passionné ! Aucun adulte, jamais, n'avait pris le temps de me parler comme l'a fait Paul ce jour-là, avec franchise, sans rien déguiser, comme à un homme et non pas comme à un enfant ou à un adolescent.

Il a repris.

– Le plus dur, ça a été quand ta mère est tombée enceinte de ton père.

Mon cœur a fait un bond à ces mots qui, exactement en même temps, venaient de faire jaillir et d'éteindre une peur fulgurante. Cet homme aurait très bien pu être mon père, puisqu'il avait une liaison avec ma mère depuis presque vingt ans ! Les films et la littérature sont pleins d'enfants qui découvrent un jour ou l'autre que leur père n'est pas leur père.

Mais il venait de dire « tombée enceinte de ton père », et j'ai continué de l'écouter sans rien dire.

– Jusque-là, j'avais à peu près réussi à étouffer ma jalousie. Par raison : je m'interdisais d'être jaloux ! S'il devait y avoir un jaloux dans cette histoire, c'était ton père, pas moi. N'empêche que c'était pas facile d'imaginer tout le temps ta mère avec lui, dans sa « vraie » vie, au travail, à la maison, en vacances. Les mois d'août en Bretagne, ça aussi, j'ai détesté ! C'est long le mois d'août, quand celle qu'on aime est en vacances avec sa famille. Je n'ai jamais mis les pieds en Bretagne, mais je déteste cette région !... Mais bon ! J'avais accepté de jouer le jeu, il fallait que j'assume... Sauf que la grossesse... Ce bonheur pour tes parents... Tu sais, au début, on avait instauré une règle : on ne se racontait rien de nos vies. On vivait au présent dans nos bulles, comme si le monde n'existait pas autour. Sauf que ça n'a pas marché. J'avais envie de savoir, ta mère avait envie de me raconter. Quand on aime quelqu'un, quand on est amoureux, on a besoin de connaître son histoire, ses goûts, son enfance... Alors on a commencé à se raconter, à se poser des questions, et puis, très vite, j'ai tout su de sa vie, de celle de ton père, de leurs problèmes à la boutique, de ta scolarité... J'ai su, par exemple, que c'était ton père, à l'époque, encore plus que ta mère, qui voulait un enfant. Il en voulait même plusieurs. Il rêvait d'une grande famille.

Première nouvelle. Ni mon père ni ma mère ne m'avaient jamais parlé de ça.

Paul a fait une nouvelle pause. Il m'a demandé si je voulais boire quelque chose. J'ai alors pris conscience que j'avais très soif, et il nous a servi à chacun un grand verre de jus de pomme. Le demi-frère de Hoshi s'était endormi dans mes bras, et je l'ai doucement posé, sans le réveiller, sur un coussin où dormaient déjà deux autres chiots.

Paul a bu son verre et a repris.

– Le jour où ta mère a accouché a été sans doute le plus bizarre de toute ma vie. J'étais aussi fébrile que si j'avais été le père, sauf que j'étais là, chez moi, comme un con, alors que ta mère était à la clinique à Ivry-sur-Seine avec ton père. Tu es né à 22 heures 15, et ta mère a réussi à m'appeler de sa chambre, une fois que ton père était reparti, juste un peu avant minuit. Elle avait une petite voix fatiguée mais si pleine de vie et de bonheur ! Elle m'a dit que tu étais un garçon, et que tu t'appelais Nicolas. Je l'ai félicitée, je lui ai dit que j'étais heureux pour elle. C'était vrai. Ça ne m'a pas empêché de pleurer le reste de la nuit… Quand le jour s'est levé, j'avais pris ma décision : on arrêtait là. Je laissais ta mère vivre sa nouvelle vie de mère, et moi je retournais à la mienne. Stop. Terminé !… Sauf que les bonnes résolutions ont souvent une durée de vie très limitée… Je n'ai pas tenu. Le manque était trop fort.

Une idée m'est soudain venue, une évidence. Si ma mère, peu après ma naissance, avait décidé de quitter Ivry-sur-Seine pour la région de Chartres et d'y entraîner mari et enfant, c'était pour se rapprocher de Paul. Sous prétexte de s'installer « à la campagne », dans la région de son amie d'enfance, elle achetait un terrain et une boutique à seulement quelques kilomètres de son amant.

Un son a chassé en un instant cette idée désagréable de ma tête, et je me suis brusquement raidi sur mon siège. J'avais reconnu le bruit des griffes sur les tomettes avant même d'avoir pris conscience de l'entendre.

Le cliquetis. Régulier, de plus en plus fort…

Retenant mon souffle, je me suis retourné vers l'entrée de la cuisine. Il est apparu et s'est immobilisé un court instant en me voyant.

Le chien noir de mes cauchemars se tenait devant moi.

RETROUVAILLES

Il s'est mis à remuer la queue et s'est approché de moi en couinant.

Ma peur a aussitôt disparu. Je suis descendu de mon siège et me suis mis à genoux pour caresser Bugsy, puisqu'il s'agissait bien, sans aucun doute possible, du chien que j'avais vu sur le site internet.

Il m'a fait la fête. Nous nous sommes fait la fête.

– Il te reconnaît ! a lancé Paul.

Je n'ai pas relevé. Je n'ai pas été surpris de comprendre que puisque ce chien me reconnaissait, c'est que nous nous étions déjà vus. Moi aussi, je le reconnaissais, inconsciemment. J'étais submergé. Je n'y comprenais rien, mais entre Bugsy et moi, c'était bien des retrouvailles. Et je me suis mis à pleurer, de joie, d'émotion, de soulagement, de trop-plein. Je débordais. Je sanglotais, sans aucune retenue, sans me soucier du regard de l'amant de ma mère. Je caressais Bugsy, je l'embrassais, je fourrais ma tête dans ses poils. Alors même que, quelques instants plus tôt, je pensais ne rien savoir de son existence, je comprenais que ce chien me manquait depuis des années. Quand il s'est mis, exactement comme le fait Hoshi, à me lécher l'oreille, je me suis mis à rire tout en continuant de pleurer.

Enfin, Bugsy s'est laissé tomber sur le sol, sur le dos, les pattes en l'air pour réclamer des caresses, des gratouilles, des câlins sur le ventre.

Je me suis exécuté, en profitant pour tenter de me calmer, pour renifler, pour sécher mes yeux.

Paul s'était levé et nous regardait. Lui aussi était ému. Il m'a dit ce que j'avais déjà compris, que Bugsy était le géniteur de Hoshi.

– Il a plus de dix-sept ans. C'est un très vieux chien.

Je n'ai rien dit, attendant la suite, les explications qui, je le savais, ne tarderaient pas. Au point où j'en étais, je pouvais tout entendre.

Paul m'a donc expliqué qu'après ma naissance, il avait été plus difficile encore pour lui et ma mère de se voir. Virginie étant ma marraine, il était normal que, de temps en temps, elle veuille voir son filleul et que ma mère vienne passer un peu temps avec elle à Chartres. C'est ainsi que vieux de quelques semaines seulement, j'avais accompagné ma mère pour la première fois à l'Élevage de la Vallée, et que j'avais rencontré Bugsy.

– Il t'a tout de suite adopté. Tu connais les chiens, ils devinent des trucs on se demande comment : les jours où ta mère venait me voir, il se plantait devant le porche deux heures à l'avance. Après, il n'y en avait plus que pour toi ! Jamais il n'a aboyé, pour ne pas t'effrayer, mais il était sans arrêt après toi, mais doucement parce que tu n'étais qu'un bébé. Il te reniflait en remuant la queue, puis s'installait à tes pieds, où que ta mère mette le couffin, ou la poussette. Toi aussi, tu l'as vite repéré ! Tu ouvrais de grands yeux, tu tendais les bras, tu souriais, tu gazouillais !… C'était le grand amour entre vous. Tu étais son petit maître. Un vrai coup de foudre !… Tout le temps que ta mère était là, Bugsy restait assis ou allongé près de toi. Il te surveillait. Il te protégeait. Quand tu as grandi, tu t'es mis à gambader avec lui, en rampant bien sûr, puis en marchant quand tu as su. Je pense que tu as su dire son nom en même temps que « Maman ». Tu disais « Buki ». Bugsy était trop compliqué à prononcer.

– Et qu'est-ce qui s'est passé ? j'ai demandé.

– Rien qui ne soit prévisible !… Quand tu as commencé à parler, ta mère a décidé qu'il était trop dangereux que tu continues à venir. Inévitablement, d'une façon où d'une autre, un jour, tu parlerais de Bugsy devant ton père !… Alors ta mère a cessé de t'amener quand elle me rendait visite… C'était logique. Bugsy t'a longtemps cherché. Tu lui manquais… Tu nous manquais.

Ces trois derniers mots, Paul les a dit presque à reculons, à mi-voix, furtivement, en baissant les yeux, ayant sans doute peur de ma réaction. Je n'ai rien répondu, préférant réfléchir à toutes ces années durant lesquelles j'avais mal interprété mon rêve du chien noir, transformant en peur ce qui n'avait été que du manque.

Bugsy, sans même que je le sache, que j'en aie le souvenir, avait été mon premier chien, resté bloqué quelque part dans cette face immergée du cerveau si chère à la mère de Barthélemy : mon inconscient.

Le temps avait passé. Il allait falloir que je rentre, que je reprenne le train pour Chartres.

Je me sentais épuisé, un peu sonné, mais en même temps exalté d'avoir retrouvé Bugsy.

Avant de partir, je me suis mis à genoux devant lui, et je l'ai caressé, en l'appelant «mon chien», en lui disant qu'il était le plus beau, qu'il était le plus gentil...

Paul m'a assuré que je pouvais venir le voir quand je voulais, mais je n'ai pas répondu, ne sachant que faire de cette proposition. Devais-je, moi aussi, venir à Saint-Piat en cachette de mon père, de Malina, en leur mentant comme le faisait ma mère ? C'était une idée étrange, et dérangeante.

Paul et Bugsy m'ont raccompagné à la porte.

– Qu'est-ce que tu vas faire, maintenant ? m'a demandé l'amant de ma mère.

– J'en sais rien, j'ai répondu en haussant les épaules.

– Tu vas parler à ta mère ? Tu vas lui dire qu'on s'est vus ?

– J'en sais rien du tout.

Paul a acquiescé, puis m'a dit que c'était à moi de décider, et que lui ne ferait rien de son côté, qu'il ne dirait rien tant que ma mère ne lui en parlerait pas. Comme ça, si je le voulais, je pouvais garder cette visite secrète.

À mon tour, j'ai acquiescé, puis me suis mis en route, réfrénant mon envie de regarder Bugsy une nouvelle fois. Mais Paul m'a appelé.

– Nico !

Je me suis retourné.

– Quoi ?

– Tu sais... Non rien... Enfin si !... J'aurais aimé, beaucoup, avoir un enfant avec ta mère, un garçon qui t'aurait ressemblé.

Je n'ai rien dit, immobile dans la rue.

– Je sais pas pourquoi je te dis ça, c'est con, a-t-il ajouté... Je ne regrette rien ! J'ai accepté la situation ! J'ai accepté d'aimer et d'être aimé dans le secret, alors...

Il m'a souri en hochant la tête, puis a dit « Viens, on rentre ! » à Bugsy et a refermé la porte derrière eux.

J'ai expiré, finalement soulagé d'être de nouveau dehors, et seul, comme de retour dans la vraie vie après un rêve trop compliqué.

Cette fois, je ne suis pas passé par la sente, mais suis remonté directement vers la gare, ce qui était plus court.

Une idée m'est alors venue, de loin dans le passé, de cette fois, la seule de ma vie, quand j'étais tout petit, où ma mère m'avait giflé parce que je m'étais engagé sur la chaussée sans regarder à droite et à gauche, frôlé par une voiture. Elle m'avait giflé par peur rétroactive, mais aussi parce qu'elle s'en voulait de m'avoir lâché un instant la main pour regarder le SMS qu'elle venait de recevoir. Ce message ne lui avait-il pas été adressé par Paul ? Et cela n'avait-il pas rendu plus vif encore son sentiment de culpabilité et sa peur ?

Je venais de prendre conscience que depuis avant ma naissance, et donc tout au long de ma vie, ma mère avait mené une double vie, faite de dissimulations, et donc aussi de beaucoup d'angoisse et de culpabilité.

J'arrivais presque à la gare du village quand j'ai entendu un bruit étrange qui m'a fait lever les yeux vers le ciel. Au-dessus des toits et des grands peupliers d'Italie, deux montgolfières, l'une bleue, l'autre rayée de rouge et de jaune, volaient avec grâce et légèreté, comme des bulles de couleur. Leurs brûleurs, en crachant de l'air chaud dans la toile, faisaient un son proche du souffle des baleines quand elles remontent à la surface.

C'était beau, et presque irréel, parfaite conclusion à cette folle après-midi.

– Eh ben ! dit Juliette une fois que je me suis tu.

Je me demande si cette exclamation se rapporte à mon récit lui-même ou au fait que je vienne de lui confier tout cela alors même qu'une heure plus tôt nous étions chacun ensevelis très profond dans nos mémoires respectives, là où se nichent les souvenirs dont on n'a même plus conscience, et que l'on ne consulte jamais.

Bien sûr, ce que je lui raconte est moins détaillé que dans mes pensées, seulement les grandes lignes, les faits. Mais ça représente tout de même une sacrée masse d'informations déballées d'une traite, ce qui tend tout de même à me démontrer que ces événements ne sont pas aussi bien digérés que j'aime à le croire.

Mais pas seulement. L'honnêteté me pousse à m'avouer que je parle aussi pour prolonger ma rencontre avec Juliette, et peut-être même pour rattraper le temps perdu, celui où je m'interdisais de la regarder par fidélité envers Margot.

À force de marcher dans la nuit, nous nous sommes refroidis, et avons trouvé refuge dans la petite boutique d'une station essence ouverte 24 heures sur 24.

Nous sommes installés sur les tabourets de bar qui entourent la machine à café, le chien de Juliette couché en rond à nos pieds a repris sa nuit. De l'autre côté de la boutique, derrière des présentoirs d'accessoires de voitures et d'autres, de sucreries sur lesquels tombe la lumière glaciale du plafonnier, l'homme qui tient la caisse n'a, je crois bien, rien perdu, lui non plus, de mes confidences.

L'endroit est laid, sinistre à cette heure de la nuit, et pourtant je m'y sens bien.

L'incongruité de la scène me frappe néanmoins, et je prends conscience de l'heure qu'il est, me sentant soudain maladroit, et même un peu ridicule.

– Je suis désolé, je dis.

– De quoi ? me demande Juliette.

– De te saouler avec mes histoires !... Tu dois me trouver complètement débile. Et grossier. Je parle, je parle...

– Pas du tout !... Et puis, tu sais, je suis super curieuse. « Curieuse comme une chouette ! » disait toujours ma grand-mère. Alors...

Je lui souris et elle répète :

– Alors ?...

– Alors quoi ?

– Alors et après ?

– Après...

– T’as fait quoi finalement ? poursuit Juliette. T’as parlé à ta mère ?

– Heu… Le samedi soir, à la maison, une fois rentré de Saint-Piat, je me sentais bizarre…

– Bizarre comment ?

– Je regardais ma mère, Malina et mon père autour de la table du dîner, et je me disais que j’en savais plus qu’eux. Que Malina et mon père, bien sûr, mais aussi que ma mère, parce que si, évidemment, elle connaissait mieux que moi encore l’histoire de Paul et de Bugsy, par contre, elle ignorait que j’étais au courant ! Et j’ai bien aimé cet avantage, tu vois ? Cette longueur d’avance… Mais bon, de toute façon, ce soir-là, j’étais sonné. J’aurais été incapable de parler à ma mère. Et pour lui dire quoi ?

– Ben que tu savais.

– Et après ?… J’avais raconté ma visite à Barthélemy, mais franchement, je ne savais plus quoi penser. J’avais voulu savoir : je savais ! Mais, par contre, je ne savais pas quoi en faire du tout.

– Et ton pote, lui, il en pensait quoi ?

– Il a trouvé ça génial ! Comme s’il s’agissait d’un épisode d’une bonne série télé !… Moi, il m’a fallu du temps pour faire le tri dans ma tête. Et au final, c’est la colère, ce qui était très nouveau pour moi, qui est ressortie de la mêlée. La colère contre ma mère.

– Parce qu’elle trompait ton père ?

– Un peu, mais pas seulement. En fait, j'étais surtout en colère d'avoir appris que bébé, j'avais été mêlé à ses histoires de cul.

– De cul ou d'amour ? me demande Juliette.

– Tu sais faire la différence, toi ?... Disons, si tu veux, que j'en voulais à ma mère de m'avoir mêlé à ses histoires de phéromones !

Juliette sourit.

– Tu vois, l'idée qu'elle me posait dans un coin dans mon berceau ou je ne sais pas quoi pendant qu'elle s'envoyait en l'air avec son amant, ça m'a filé les boules.

Juliette acquiesce.

– Et donc, t'as fini par parler à ta mère ?

– Non. J'étais vraiment pas un champion de la discussion, de la répartie... Elle m'aurait embobiné en moins de deux, et j'aurais ravalé ma colère en me sentant minable, comme d'hab.

Je marque une pause. Je regarde Juliette.

– Encore un café ? elle me demande. Cette fois, c'est ma tournée.

Elle a dû sentir que j'avais besoin de reprendre des forces avant de continuer.

Elle met des pièces dans la machine et on regarde très sérieusement le café couler dans le gobelet en plastique blanc. Je redoute ce que je m'apprête à raconter. Juliette se reprend aussi un café, au lait cette fois, me disant que l'heure du petit-déjeuner approche.

Puis je me lance :

– J'avais envie de blesser ma mère. C'était assez merdique, comme sentiment. Je me sentais mauvais. Je voulais qu'elle paye pour ses mensonges… Mentalement, je l'avais rebaptisée « MaMent », *m-e-n-t*, comme « Maman qui ment », tu vois le genre… Bon, depuis, j'ai pas mal réfléchi à la question, tu penses bien, j'ai pris du recul, et j'ai compris que c'était après moi que j'en avais. Pour tout un tas de raisons, liées à mes parents et à Malina. Liées à l'idée, confuse, que je ne maîtrisais pas ma vie, que j'étais embarqué dans un chemin que je n'avais pas choisi. Surtout, je m'en voulais de ne pas avoir le courage de m'affirmer, de dire ce que je voulais, et ne voulais pas. Alors j'ai décidé de faire payer ma mère, et moi en même temps, bien sûr, avec la tempête que j'étais sur le point de déclencher.

– Nooon… dit Juliette.

– Si. J'ai décidé de tout raconter à mon père.

– Putain !…

– Comme tu dis… Pour excuse, je me suis raconté des conneries sur les vertus de la vérité.

– Ça dépend des vérités !

– Je sais bien. Mais en même temps, c'est ce qu'on m'avait appris ! C'est toujours ce qu'on apprend aux enfants, non ? Le mensonge, c'est mal, la vérité, c'est bien !… Et puis en décidant de révéler à mon père l'existence de Paul, je crois aussi que je voulais me rapprocher de lui. Créer un lien entre nous, entre « hommes ». Je voulais créer une complicité…

– Mais il était malade ! m'interrompt Juliette.

– Je sais bien ! Ça serait à refaire… Mais j'avais peur de la maladie de mon père, de ce que je refusais de regarder en face, et puis j'étais en colère, ou plutôt perdu, affolé par tout ce que je venais d'apprendre. Même, peut-être que c'est justement parce que mon père était malade, et faible, que je lui ai parlé ! Si ça se trouve, je n'aurais pas eu le courage de le faire s'il avait été en pleine forme ! Je sais pas… C'est compliqué, tu sais, d'avoir son père malade !

– Je sais, m'a dit Juliette.

– Non, je ne crois pas : il faut l'avoir vécu pour le savoir.

– Je sais, je te dis.

Elle avait répété ces mots avec une gravité qui m'a surpris. Je l'ai regardée dans les yeux, et ai senti une drôle de sensation dans le ventre, une douce fébrilité, et en même temps, un poids nouveau sur ma poitrine. J'ai tenté de mieux m'expliquer, comme pour faire diversion à ce qui était en train de se passer en moi.

– Normalement, un père, c'est celui qui est fort, qui protège, qui est la référence… Avec la maladie, tout est chamboulé… Je crois que c'était vraiment le bordel dans ma tête… Je ne savais pas quoi faire de ce que j'avais appris, ça pesait en moi. J'aurais adoré, en fait, ne jamais avoir découvert le secret de ma mère…

– Et ton père alors ! T'imagines ?... Ça durait depuis quasi vingt ans, et ça ne se passait pas si mal que ça !... Tant qu'il n'était pas au courant, ce que ta mère faisait ou ne faisait pas avec Paul ne lui faisait aucun mal !

– Attends ! Tu vas voir que c'est bien plus compliqué que ça...

TU NE SAIS RIEN DE L'AMOUR

J'ai mis du temps à passer à l'acte, une fois ma décision prise. La faiblesse de mon père était pour moi autant une motivation qu'un frein. Ayant focalisé toute mon attention sur ma mère ces derniers jours, j'avais perdu le fil de la maladie. Où en était Helmut ? Où en était le traitement ? Mes parents avaient-ils ou non abordé une nouvelle fois le sujet de la prolongation de la chimiothérapie ? Qu'en pensaient les médecins ?

Je voyais, bien sûr, que mon père était plus mal qu'il ne l'avait jamais été, mais je refusais de l'admettre. Je préférais ruminer mon petit plan minable et guetter le moment où je pourrais lui parler en tête-à-tête. C'était aussi une manière de nier la réalité, de regarder au-delà du cancer. J'avais d'importantes révélations à faire à mon père, après lesquelles, sans aucun doute, les choses allaient changer. Après lesquelles, il ne serait plus le même, ni moi ni nous.

D'une certaine façon, dire ce que je savais à mon père était faire des projets d'avenir.

Je me sentais fort, aussi, avec en main, pour la première fois de ma vie, quelque chose à apprendre à mon père, à lui apporter, et de quoi, potentiellement, influer sur notre vie de famille.

Un lundi, en fin de journée, Béatrice et Sandro devant s'absenter jusqu'à 23 heures, Malina est partie chez son père faire du babysitting avec son demi-frère, qu'elle adorait, et qui le lui rendait bien. Ma mère, comme tous les lundis, retrouvait Virginie pour faire du sport. Je ne savais pas si c'était vrai où si elle devait rejoindre Paul à Saint-Piat, et je ne voulais surtout pas le savoir. Une seule chose m'importait : j'avais devant moi quelques heures à la maison avec mon père.

J'avais le trac. Il était presque 18 heures. J'avais dit à ma mère de prendre son temps, que je préparerais moi-même le dîner pour 20 heures, ce qui l'avait étonnée.

– C'est pas si souvent qu'on se retrouve seuls tous les trois ! je lui avais répliqué, parfaitement hypocrite.

C'était pourtant vrai, et j'ai même failli renoncer à parler à mon père pour préserver ce dîner en famille sans Malina.

Mais j'ai finalement frappé doucement à la porte de la chambre de mes parents.

Mon père ne dormait pas. Dix minutes plus tôt, je l'avais entendu se lever pour aller aux toilettes, et je l'ai trouvé assis dans son lit, appuyé sur deux oreillers.

– Je te dérange pas ? j'ai demandé.

– Jamais. Entre, mon grand. Comment ça va ?

– Pas mal. Et toi ?

– Bof... Ça tombe bien qu'on soit tranquilles un peu tous les deux, ça fait plusieurs jours que je veux te parler d'une chose importante.

– Ah bon ?... Moi aussi.

– Ben, vas-y, commence !

– Non, non, toi d'abord !

– Non, vas-y Nico, je t'écoute. Ce que j'ai à te dire n'est pas facile, alors je préfère que tu commences. De quoi tu voulais me parler ?

– Heu... De Maman.

Il a légèrement froncé les sourcils et a attendu la suite.

– De quelque chose qui concerne Maman. Et toi.

Je cherchais mes mots, mon rythme cardiaque était en train de s'affoler.

– Un problème ? m'a demandé mon père.

– Non. Enfin si. Un problème, je sais pas, je sais pas si c'est le bon mot... Il y a quelque chose que tu dois savoir.

Mon père me regardait bizarrement. Je regrettais d'être là, d'être allé si loin, de ne plus avoir désormais d'autre choix que de parler.

J'ai vu mon père déglutir avec difficulté, et c'est lui qui a dit :

– Tu veux parler de Paul, c'est ça ?

Je crois avoir gardé la bouche ouverte et le cerveau en panne, comme un moteur calé, au moins une demi-minute, ce qui m'a semblé très long.

– Tu le connais ? je suis enfin parvenu à articuler.

– Non, mais je sais qu'il existe.

– Tu es au courant depuis quand ?

– Depuis environ un an avant ta naissance.

– Mais…

– Ta mère ne sait pas que je sais. Et c'est très bien ainsi.

– Mais…

Cette fois, mon cerveau avait fondu pour de bon, et il ne restait plus qu'un mot à mon vocabulaire, que j'ai prononcé une troisième fois.

– Mais !…

– Écoute, Nico. Je ne sais pas depuis quand tu es au courant, ni comment tu as fait pour savoir. Peu importe. Il ne faut pas que tu penses du mal de ta mère, ni rien. C'est compliqué. L'amour, je veux dire ! L'amour, le couple, c'est compliqué.

J'ai failli encore dire « mais », *mais* me suis retenu. Mon père a continué, bien décidé, semblait-il, à me parler d'homme à homme pour une fois, sans me ménager.

– Quand j'ai découvert l'existence de Paul, on était encore à Ivry, ça m'a fait mal. J'étais en colère, j'étais surtout jaloux, ce qui est vraiment le sentiment le plus désagréable et le plus nocif que je connaisse. J'ai surveillé ta mère, je l'ai même suivie, j'ai fouillé ses affaires…

J'ai fait tout un tas de trucs parfaitement minables qui m'ont fait beaucoup de mal et qui ne m'ont rien appris de plus que ce que j'avais déjà compris : ta mère aimait un autre homme. Mais !...

Il s'est arrêté pour reprendre son souffle.

– Mais, elle m'aimait aussi. J'en étais sûr, je le savais, je le sentais, chaque jour.

– C'est pas possible, Papa, c'est...

– Bien sûr que si, c'est possible ! J'ai rencontré ta mère en 1994, on est tombés amoureux, on s'est mariés en 1996, et ta mère a aussi rencontré ce Paul, dont elle est aussi tombée amoureuse ! C'est tout ! Ce n'est pas sa faute, ni la mienne, ni même celle de ce type ! Personne n'a choisi. C'est comme ça ! La vie est comme ça ! Ou peut l'être...

– Et qu'est-ce que tu as fait quand tu as su ?

– J'ai hésité, longtemps. D'abord, j'ai souffert, beaucoup. Mille fois, j'ai failli lui dire que je savais tout. J'ai même pensée aller trouver cet homme pour lui casser la gueule et lui ordonner de ne plus s'approcher de ma femme... « Ma » femme ? Je n'ai jamais aimé cette expression. « Ma femme », « mon mari ». Le mariage, c'est pas un acte d'achat ! Je crois que personne n'appartient à personne. L'amour n'est pas un titre de propriété. Je te dis ça aujourd'hui, mais à l'époque, j'en étais malade ! Et donc, mille fois, j'ai été sur le point de lui parler, et mille fois, j'ai renoncé. Tu me connais : parler, c'est pas ma plus grande spécialité !... Et puis, j'ai horreur des disputes, des tensions… Alors j'ai attendu, j'ai, chaque fois, remis au lendemain. Ce qui m'a donné le temps de réfléchir, et de me rendre compte aussi que le comportement de ta mère vis-à-vis de moi n'avait pas changé depuis qu'elle voyait cet homme. Un peu, bien sûr, parce qu'elle devait me mentir pour le voir, mais pas dans le fond. Elle avait l'air de toujours vouloir de moi, et de notre vie… Et puis, tu es arrivé ! Toi ! Notre enfant…

Je me suis alors souvenu de ce que m'avait dit Paul à propos de mon père qui, plus que ma mère encore, avait voulu un enfant. Y aurait-il eu chez mon père, à l'époque, peut-être même inconsciemment, l'idée de retenir ma mère en ayant un enfant avec elle, en fondant une famille ? Ce désir d'un enfant était-il venu à mon père au moment où il avait appris que sa femme avait un autre homme dans sa vie ? Comme un instinct de survie pour son couple ?

Il y avait un verre d'eau sur la table de chevet de mon père, et il en a bu une gorgée avant de poursuivre ses explications.

– Qu'est-ce que j'aurais dû faire ? Lui demander de choisir entre lui ou moi ! Et si elle l'avait choisi, lui ? Ou bien moi, mais que finalement, elle n'arrive plus à m'aimer et à me supporter parce que je l'aurais obligée à renoncer à l'autre ? J'aimais ta mère, sans aucun doute possible ! Je l'aimais toujours alors que je savais qu'elle avait un autre dans sa vie ! Alors à quoi bon prendre le risque de la perdre ? Et pourquoi ? Par fierté ? Par orgueil ? Par jalousie ?

Parce que son corps et ses désirs m'appartenaient!... Parce que c'est quand même beaucoup de ça qu'il s'agit, non?... Dans la jalousie, le plus dur, c'est l'idée que celui ou celle que l'on aime fasse l'amour avec un autre!... Est-ce que j'aurais dû enfermer ta mère, la considérer comme ma chose, et que je devais être l'objet exclusif de ses désirs?...

Je ne crois pas que mon père me posait vraiment la question, mais je n'ai pas pu m'empêcher d'intervenir:

– Mais quand on trompe, c'est qu'on n'aime pas!

– Mais non! Ça, c'est le niveau zéro de la réflexion! C'est bien plus compliqué, Nicolas! Et puis «tromper», c'est vraiment pas le bon mot. C'est très réducteur... La fidélité, tu sais, c'est bien autre chose que de s'interdire de coucher avec quelqu'un d'autre! C'est bien plus profond. Ta mère aime cet homme, ça fait à peu près dix-sept ans qu'elle le voit en cachette, et pourtant elle est toujours là, avec moi. Et pourtant, elle est la mère de mon enfant. On a acheté une boutique ensemble, une maison à crédit... Elle me voit chaque jour, elle supporte mes défauts, mes faiblesses... Même mon cancer! Et elle sera là, le jour de ma mort, comme moi, je serais là si elle partait la première!... Elle sera là, Nico, tu verras, et elle me tiendra la main jusqu'au dernier moment, ravagée par le chagrin.

J'étais désemparé et, d'une certaine façon, furieux contre mon père qui me donnait cette leçon alors que j'étais entré dans la chambre avec le projet de changer sa vie. Le projet, sans doute, d'une certaine façon, d'inverser les forces entre nous. C'était raté. Il y avait bien un père et un fils dans cette chambre, et j'étais ce dernier, plus que jamais. Son enfant.

Avec humeur, plus par défi que pour réellement avoir une réponse, je lui ai demandé avec amertume si, lui aussi, pendant qu'ils y étaient, il avait déjà trompé Maman.

Il s'est calé un peu mieux sur ses oreillers. Je crois que cette conversation le fatiguait, et qu'il faisait de vrais efforts pour la poursuivre.

– Si tu veux savoir s'il m'est déjà arrivé de faire l'amour avec d'autres femmes que ta mère depuis qu'on s'est rencontrés, c'est-à-dire depuis vingt-deux ans, la réponse est oui. Très peu souvent, mais oui.

– *Mais c'est dégueulasse !* j'ai crié. Vous... Vous passez votre temps à vous mentir, à vous tromper ! Putain, vous m'dégoûtez, Maman et toi !

Je m'étais levé, et je sentais mes mains trembler d'émotion.

Mon père m'a regardé avec sévérité, et lassitude. Ce que je venais de dire l'avait énervé, et d'une voix plus brusque que de coutume, il m'a dit :

– Ne juge pas ta mère, ne me juge pas. Ni Paul... Tu as seize ans, Nicolas, et tu ne sais rien de l'amour.

Je suis sorti en claquant la porte pour aller me réfugier dans ma chambre. J'étais bouleversé, mais surtout furieux. Cette dernière phrase que mon père avait prononcée résonnait dans ma tête. « Tu ne sais rien de l'amour. »

Il avait raison, bien sûr, il avait touché juste. J'avais seize ans, je connaissais Malina depuis toujours, nous dormions ensemble chaque nuit, nous faisions l'amour depuis l'âge de quatorze ans, mais je ne savais rien de rien de l'amour. Je n'avais jamais été amoureux. Je n'avais jamais expérimenté de « période phéromonale ». Quel orgueil d'avoir espionné ma mère et d'avoir voulu en apprendre à mon père !...

Mon père qui, du coup, n'avait pas pu me confier ce qu'il voulait me dire quand j'étais entré dans sa chambre. De quoi voulait-il me parler ? De sa maladie ? De son état ? De la vie ? De la mort ?... Peut-être d'une chose essentielle ? De la chose la plus importante qu'un père puisse confier à son fils ?...

Je sais que je n'aurai jamais la réponse à cette question, et que je ne cesserai jamais de me la poser.

J'étais bien trop vexé pour retourner frapper à sa porte et lui demander ce qu'il avait à me dire de si important tout à l'heure. Je pensais qu'il aurait l'occasion de le faire dans les jours qui venaient, que nous aurions bien le temps.

Comment aurais-je pu deviner que cette conversation que nous venions d'avoir, et qui s'était terminée sur une discorde, serait la toute dernière ?

Je me tais. Juliette me regarde, tendue.

Parler me fait du bien. Raconter me libère, m'allège…

Pour autant, je ne sais pas si j'ai envie de poursuivre mon récit : la vie qui prend un virage brutal, qui me prend par surprise, au dépourvu.

Nous restons un moment silencieux, Juliette et moi, et j'ai la sensation que l'air vibre entre nous. Avant qu'elle ne prononce le moindre mot, je sais qu'elle va parler, comme si j'entendais déjà sa voix par un écho inversé.

– Mon père est mort, il y a deux ans, me livre-t-elle alors. Il était vieux. Il m'avait eu à cinquante-six ans…

Je sens des milliers de petites aiguilles sur ma peau, un picotement qui s'étend dans tout le corps, le long de chacun de mes membres, des pieds à la tête. Je repense à ce que Juliette a affirmé quelques minutes plus tôt, qu'elle savait, ce que j'avais mis en doute.

Bien sûr qu'elle savait. Elle comprenait. Elle me comprenait même entre les mots, même ce que je ne savais qu'exprimer maladroitement. Et elle comprendra, mieux que personne, ce que j'ai encore à raconter. Nos histoires réciproques nous rapprochent, nous relient.

J'ai l'impression de flotter, d'être là, dans cette station-service, et ailleurs en même temps, hors de mon corps, à la fois acteur et spectateur de ce que je suis en train de vivre.

Je me demande si Juliette partage les étranges sensations qui me gagnent. Je crois bien que oui. En tout cas, j'ai besoin de le croire.

Je crois qu'elle ne sait que faire de sa confidence, ni quoi y ajouter. Alors, comme si soudain elle ne tenait plus en place, elle lance :

– On bouge un peu ? J'ai envie de marcher.

À peine a-t-elle dit cela que Buldo est debout sur ses pattes.

– OK, je réponds en me levant de mon tabouret, les jambes molles, peinant à marcher droit comme si je revenais de trois mois en mer.

Dehors, la ville se réveille doucement. Le bruit lointain de la circulation est plus dense, quelques lumières se sont allumées aux fenêtres, j'entends une porte qui claque, une voiture qui démarre, un chien qui aboie.

Nous nous mettons en marche. Juliette ne dit rien, et son silence est une invitation à poursuivre mon histoire.

CHAMBRE 31

Le même soir que ma dernière conversation avec mon père, nous avons aussi pris notre dernier dîner à trois.

Pas une franche réussite. Mon père n'a presque rien mangé, et a à peine prononcé trois mots. Je l'ai beaucoup observé, me demandant s'il m'en voulait encore pour ce que je lui avais dit, ou pour ce que j'avais voulu lui dire. Ma mère était soucieuse, ne parlant que pour la forme, pour faire « comme si ».

Je me suis fait la réflexion que peut-être, à cet instant précis, nous pensions tous à la même personne, à ce Paul que, pourtant, personne n'était censé connaître autour de cette table. Un inconnu très présent. Lui aussi, à quelques kilomètres de là, dans son ancienne ferme de Saint-Piat, entouré de ses chiens et de ses chiots, était-il en train de penser à nous ? À ma mère, à ma visite, à la maladie de mon père…

Un moment, j'ai joué, seulement joué, avec l'idée de mettre le sujet sur le tapis, comme un gros pavé dans la mare. Que se passerait-il alors ? Ma mère, bien sûr, serait stupéfaite de découvrir que son fils et son mari étaient au courant de sa double vie. Encore plus sidérée, sans doute, d'apprendre que mon père, depuis tout ce temps, l'avait laissée faire ! Mais qu'en ressortirait-il ? Que devient un secret quand il n'en est plus un ? À partir du moment où ma mère saurait mon père au courant, pourrait-elle continuer de voir Paul, même si son mari ne le lui interdisait pas ? Et mon père, si son épouse savait qu'il savait, resterait-il aussi tolérant ?

J'en suis arrivé à la conclusion que l'amour qui liait ma mère à Paul dépendait entièrement de la préservation de l'apparence du secret. Des secrets, au pluriel. Celui de ma mère, celui de mon père, et le mien.

Malina est rentrée vers 23 heures 30, et j'ai fait semblant de dormir quand elle s'est glissée dans le lit. Tout ce que j'avais découvert ces derniers jours sur ma famille et que je n'avais pas partagé avec elle était en train de creuser un fossé entre nous, que je n'avais ni l'énergie ni l'envie de combler. Comme quoi un même secret pouvait avoir des effets complètements différents selon les personnes et le contexte. Entre Malina et moi, il était en train de détruire quelque chose.

En pleine nuit, j'ai été réveillé par des voix et des va-et-vient dans la maison. Fatigué, je n'ai pas eu le courage de sortir du lit pour savoir ce qui se passait, et me suis rendormi aussitôt.

Je n'ai pas vu mon père le matin avant de partir en cours. Ma mère nous a dit au petit-déjeuner qu'il dormait encore, que la nuit avait été difficile.

À 17 heures 10, quand nous sommes sortis du lycée, Malina et moi, nous dirigeant vers l'arrêt de bus, nous avons vu ma mère qui nous attendait dans la voiture, et qui a essayé de nous faire un pauvre sourire quand nous nous sommes approchés, aussitôt inquiets.

Mon père avait été hospitalisé d'urgence, deux heures plus tôt. Nous ne pouvions pas aller le voir ce soir, car il était en soins intensifs. Demain, quand il irait mieux !... Ma mère nous a déposés à la maison puis elle est repartie à l'hôpital ; elle avait juste fait l'aller-retour pour nous prévenir.

Nous avons passé la soirée seuls à la maison, Malina et moi, comme un vrai petit couple. C'est elle qui nous a préparé le dîner alors que je m'étais proposé de le faire. Mais elle a tenu à ce que je n'aie qu'à mettre les pieds sous la table, ce qui m'a mis mal à l'aise.

Elle a été « aux petits soins » toute la soirée, et je n'ai pas pu m'empêcher d'en être irrité. Plus elle était gentille, et plus elle m'agaçait. C'était injuste, mais plus fort que moi.

À 22 heures, j'ai envoyé un SMS à ma mère, qui m'a répondu aussitôt qu'elle n'avait pas encore pu voir Papa, mais que, d'après les médecins, son état s'était amélioré. Ils allaient bientôt pouvoir l'installer dans une chambre individuelle.

« Ne m'attendez pas pour vous coucher. On se verra demain matin. Bises à tous les deux. »

J'ai été réveillé à 2 heures 20 du matin par le bruit de la porte de la chambre de mes parents. Maman venait seulement de rentrer. J'ai su aussitôt qu'elle ne venait pas directement de l'hôpital, mais qu'elle avait dû faire un détour par Saint-Piat. Avait-elle eu besoin de voir l'autre homme de sa vie alors que son mari malade était dans un état grave ? Avait-elle eu besoin de la consolation et des bras de Paul ?...

Certainement. Et pourquoi pas, me suis-je dit alors, en étant le premier étonné. Pourquoi pas, si cela l'aidait ?

Ces pensées positives et généreuses m'ont fait du bien et m'ont permis de retrouver le sommeil jusqu'à l'aube, où j'ai trouvé ma mère seule dans la cuisine.

– T'as pas dormi ? je lui ai demandé.

– Si, un peu. Mais mal.

– Tu as vu Papa hier soir ?

– Oui, il est installé dans une chambre, mais il n'a pas repris conscience pour le moment.

– C'est grave ?

Elle a fait oui de la tête, pour toute réponse.

– Tu crois que je pourrai le voir aujourd'hui ?

– J'espère. Je vais y retourner tôt ce matin, je pense qu'il sera réveillé. On ira ensemble ce soir, après le lycée, ça lui fera plaisir.

Puis elle s'est levée et m'a demandé si j'avais faim. Elle s'est mise à me préparer mon petit déjeuner, ce que je faisais moi-même depuis des années, constatant qu'elle me préparait un chocolat chaud alors que je buvais du café depuis deux ans au moins ! Je n'ai rien dit. Je l'ai regardée faire.

Puis, après un moment :

– Maman ?

Elle s'est retournée et m'a souri.

– Oui ?

– Est-ce que Papa se soigne encore ? Est-ce qu'il prend son traitement ?

Elle a suspendu ses gestes, puis j'ai vu que ses lèvres se mettaient à trembler. Elle n'a pu répondre, mais ses yeux se sont emplis de larmes.

Alors j'ai fait le tour de la table et je l'ai prise dans mes bras. Elle a pleuré, et ça nous a fait du bien à tous les deux. Je me sentais calme et fort. Je lui ai dit : « Ça va aller.

Tu verras, Papa est fort... » J'ai senti qu'elle acquiesçait de la tête.

Elle avait besoin de ces mots et d'essayer d'y croire.

L'après-midi, après les cours, Malina et moi avons rejoint Maman à l'hôpital.

Papa était dans la chambre 31.

Il n'avait pas rouvert les yeux depuis la veille au soir. Les médecins disaient qu'il était épuisé mais que, ce matin encore, il réagissait bien aux stimulations, parfaitement conscient, même s'il était incapable, pour le moment, de parler ou de bouger.

Il était allongé sur le dos, la tête légèrement en arrière, les yeux fermés, la bouche entrouverte. J'ai su, à l'instant où je l'ai vu, qu'il allait bientôt mourir. C'était une évidence pour moi, que j'ai prise avec un calme étonnant.

J'ai vu que Malina était impressionnée, émue et inquiète. Comme avec Maman, le matin, j'ai pris une voix rassurante pour lui murmurer que mon père irait bientôt mieux.

Ma mère a reçu un SMS de Sandro, qui venait aux nouvelles. Puis un autre, qu'elle a gardé pour elle. J'ai aussitôt pensé à Paul, et me suis dit que ce devait encore être un moment bien étrange pour cet homme, comme le jour de ma naissance. Il savait la femme qu'il aime au chevet de son mari. Qu'espérait-il ? Se disait-il que si mon père mourait, il aurait la voie libre, enfin ? Qu'ils pourraient s'aimer sans plus se cacher ? Ou bien était-il simplement triste pour ma mère et essayait-il d'être présent pour elle d'une façon ou d'une autre ?

Une infirmière est passée, qui a vérifié la tension de mon père, son pouls, sa température. Puis elle lui a posé la main sur le front, dans un geste que j'ai trouvé doux.

Nous la regardions tous les trois, comme si elle pouvait nous apprendre quelque chose de nouveau. Elle a juste dit que le médecin allait bientôt passer puis a ajouté :

– Mais il est là, vous savez ? Il sait que vous êtes à ses côtés. N'est-ce pas monsieur Gaboriau que vous êtes avec nous ?

Papa n'a pas bougé, encore moins parlé. L'infirmière a souri et a serré sa main dans la sienne avant de sortir de la chambre.

Nous sommes restés une demi-heure sans rien dire, sans bouger. Puis j'ai proposé à ma mère qu'elle ramène Malina à la maison, et qu'elles y dînent toutes les deux.

Ensemble, elles ont affirmé ne pas avoir faim mais j'ai insisté : je resterais auprès de Papa jusqu'à ce que ma mère revienne. J'ai menti à Malina et je lui ai dit qu'elle reviendrait voir mon père demain, quand il irait mieux et qu'il pourrait de nouveau parler.

Je savais que ça n'arriverait pas. Je savais que mon père allait mourir dans la nuit et je voulais rester seul un moment avec lui. J'en avais besoin.

Nous partagions tout, Malina et moi, depuis presque toujours, mais la mort de mon père, je la voulais pour moi tout seul.

Maman et Malina ont finalement accepté et sont parties. J'ai alors pris conscience que depuis le matin, quelque chose était en train de se passer dans notre famille, un glissement des forces, une passation de pouvoir.

Mon père était allongé sur ce lit d'hôpital, immobile, silencieux, et déjà, naturellement, sans que personne n'en ait pris la décision, j'étais en train de devenir l'homme de la maison.

CHAMBRE 31 (2)

La porte de la chambre 31 aussitôt refermée, la quiétude nous a enveloppés, mon père et moi.

J'ai aussitôt pensé à la cathédrale de Chartres. Une chambre d'hôpital n'est pas sans rapport avec une chapelle.

Je suis resté un moment immobile, laissant le silence entrer en moi. Il y avait des bruits à l'extérieur, dans la rue, dans les couloirs de l'hôpital, dans les autres chambres, mais je parvenais à les effacer pour ne plus entendre que la respiration de mon père.

Je me suis approché du lit et je l'ai regardé un moment. Ses cheveux avaient légèrement repoussé. Ses joues et son menton étaient recouverts d'une barbe d'à peine un ou deux jours.

Il était parfaitement immobile, à part sa poitrine qui bougeait au rythme de sa respiration. Il n'avait pourtant pas l'air de dormir. C'était autre chose. Il ne semblait pas du tout détendu. Son immobilisme, au contraire, était tout en tension, comme s'il était attentif.

Il faisait très chaud dans la chambre, et il avait les bras nus au-dessus du drap qui le recouvrait. Je me suis avancé et j'ai pris sa main dans la mienne.

J'ai alors vu ses yeux bouger sous ses paupières. Faiblement, mais distinctement.

Mon père était bien « là », comme l'avait affirmé l'infirmière.

Sans lâcher sa main, je me suis assis sur une chaise qui se trouvait à côté du lit. J'ai serré ses doigts plus fort dans les miens.

– C'est moi, Papa. C'est Nicolas. Je suis là. Je suis là avec toi.

J'ai guetté ses paupières mais n'y ai détecté aucun mouvement cette fois.

– Je voulais te dire que je regrette ce que j'ai dit avant-hier. C'est toi qui as raison. Je n'y connais rien, et puis, tout ça ne me regarde pas. Mais ne t'inquiète pas. Je ne vous juge pas. Ni Maman ni toi.

J'aurais voulu qu'il puisse me parler, que nous ayons la conversation que nous n'avions pas eue quand j'étais venu cafter sur Maman et Paul, qu'il me livre ce qu'il avait d'important à me dire. L'idée que je n'entendrais jamais ces mots-là me nouait l'estomac. J'en ressentais un vertige.

Je ne savais plus quoi dire. Soudain, la réalité de la situation m'a submergé. Ma belle assurance et mon calme m'ont quitté. J'étais là, dans cette chambre, à parler seul avec un homme dont je tenais la main et qui allait mourir.

Mon père était en train de mourir.

J'ai senti monter en moi l'envie de pleurer, mais je l'ai retenue, de peur qu'elle n'affecte mon père s'il était en état de m'entendre et de percevoir mes émotions.

Mais que ressentait-il à l'instant ? M'entendait-il vraiment ? Avait-il conscience de ma présence ? Était-il simplement prisonnier de ce corps qui le trahissait, qui l'abandonnait, mais l'esprit totalement agile ? Avait-il conscience qu'il était en train de mourir ? Avait-il peur ? Attendait-il avec calme, ou bien, au contraire, avec une panique que son corps inerte ne pouvait laisser voir ? Avait-il des regrets ? Des remords ?...

J'aurais tant voulu que quelqu'un me dise, m'affirme, que mon père était en paix ! Comment savoir ?

Comment percer le mystère des dernières heures de la vie d'un homme ?

Mes yeux me piquaient, mais je tenais bon. Je me sentais redevenir enfant. J'aurais voulu que les bras de mon père me consolent.

Alors j'ai dit des mots tout simples, mais si compliqués à prononcer.

– Je t'aime, Papa.

Pourquoi cette gêne ? Pourquoi cet embarras ? Il ne devrait rien y avoir de plus évident que dire à son père qu'on l'aime, et pourtant !…

Après avoir prononcé ces mots, j'ai regardé intensément le visage de mon père, mais ses paupières n'ont trahi aucune réaction. Impossible de savoir s'il m'avait entendu. Impossible de savoir si ma voix était parvenue jusqu'à lui, où qu'il soit.

On a alors frappé deux coups à la porte de la chambre, qui s'est ouverte en même temps sur l'infirmière et un médecin en blouse blanche.

Il m'a salué, s'est présenté, m'a demandé si j'étais bien le fils d'Antoine Gaboriau.

J'ai acquiescé.

Il a ausculté mon père, en deux trois gestes automatiques. Je me suis demandé s'il n'avait pas fait cela à mon intention, plus que par nécessité.

– Je peux vous parler un instant ? m'a-t-il demandé.

J'ai acquiescé, ne sachant si je devais lâcher la main de mon père ou non. Il m'a demandé de le suivre dans le couloir, précisant que l'infirmière, qui se prénommait Jeanne, allait rester auprès de mon père.

Une fois dans le couloir, l'homme m'a fait face, me parlant en me regardant droit dans les yeux.

– Vous savez que votre père va mal.

– Oui.

– C'est la fin, vous en avez conscience ?

– Oui.

– Votre père a cessé de se soigner, je ne peux plus rien faire pour lui. Mais vous devez savoir que de toute façon, il n'avait plus aucune chance de guérison. En continuant de le traiter, nous aurions pu gagner quelques semaines, quelques mois peut-être, mais c'est tout.

J'ai acquiescé.

– Il a pris cette décision en pleine conscience. Il savait ce qu'il faisait, même si je pense qu'il n'avait pas idée que les choses iraient si vite. Nous, les médecins, n'aimons pas, bien sûr, ce moment, quand il se présente, où nos patients décident de cesser un traitement. Mais ce n'en est pas moins une décision tout à fait respectable. Je crois que dans la mesure du possible, il faut laisser chacun aborder sa fin à sa manière.

Quelqu'un lui a fait signe du bout du couloir, et il a lancé : « Oui, j'arrive. »

– Votre père ne souffre pas, a-t-il encore ajouté à mon intention. Nous avons fait ce qu'il faut pour cela. Voilà. Bon courage, jeune homme.

Il m'a serré la main en me faisant un sourire avant de s'éloigner à grands pas vers un autre cas, un autre malade, peut-être un autre mourant.

Je suis resté un moment immobile dans le couloir, attentif aux mouvements et aux bruits de l'hôpital. J'avais perçu beaucoup de fatigue dans le sourire que le médecin s'était forcé à me faire, mais aussi de force et de « savoir ».

Ce n'est sans doute pas le bon mot, mais je n'en trouve pas d'autre. Quelque chose, dans le regard, la voix et le sourire de cet homme donnait la sensation que sa fréquentation quotidienne de la maladie, de la souffrance et de la mort lui donnait une bonne longueur d'avance sur nous tous.

Je ne savais pas encore que ces instants partagés avec lui dans ce couloir d'hôpital seraient déterminants pour la suite de ma vie.

J'ai vu ma mère arriver au bout du couloir, revenant seule de la maison. Elle m'a rejoint et m'a demandé :

– Alors ?

J'ai fait la moue et haussé les épaules, pour signifier qu'il n'y avait rien de neuf, et rien non plus à attendre.

Nous sommes entrés dans la chambre. L'infirmière nous a souri et a dit « Je vous laisse » avant de sortir.

Naturellement, sans nous concerter, nous nous sommes placés de chaque côté du lit.

J'ai repris ma chaise alors que ma mère passait doucement sa main sur le front et sur le crâne de son mari. Puis elle a tiré la seconde chaise qui se trouvait le long du mur.

Elle a pris la main gauche de mon père, et moi sa droite.

Nous avons tous deux senti, en même temps, la pression des doigts de mon père sur les nôtres. Il nous a serré la main un court instant, tout son corps tendu par l'effort, puis a relâché d'un coup.

J'en avais le souffle coupé, le cœur affolé. J'ai regardé ma mère et ai lu dans son regard la même émotion. Mon père, comme il l'avait pu, y mettant ses dernières forces, nous avait transmis un signe, un message.

Un frisson m'a parcouru.

CHAMBRE 31 (FIN)

La scène était exactement telle que mon père me l'avait décrite l'avant-veille : ma mère à son chevet, le tenant par la main, ravagée par le chagrin.

Elle ne disait rien, et je l'ai trouvée très belle dans sa douleur. Son visage était grave, ses lèvres entrouvertes, ses yeux noirs intenses, aux aguets, ses cheveux bruns réunis dans un chignon improvisé qui dégageait sa nuque fine et son cou un peu long.

Elle regardait son mari avec un mélange de stupeur et de résignation. Nous savions, elle et moi, que nous étions en train de vivre les derniers instants de la vie de mon père, mais restions en même temps les spectateurs éberlués de leur déroulement.

Qu'allait-il se passer ?… Rien ? Était-ce ainsi que la mort s'officialiserait ? Par le rien ?

Car j'avais compris que mon père, en réalité, n'était plus là depuis quelques minutes. Il n'y avait plus que son corps entre nous, dans lequel l'air allait et venait encore par un pur effet mécanique, sur sa lancée depuis un peu plus de quarante années, comme un bateau qui avance encore sur son aire une fois les moteurs coupés.

Mon père avait rassemblé tout ce qui lui restait de force pour nous serrer les mains une dernière fois quand nous nous étions installés, ma mère et moi, chacun d'un côté de lui. Puis il avait lâché la vie pour s'abandonner à la mort.

En comprenant cela, j'ai compris aussi qu'il avait fait l'effort de tenir jusqu'au retour de ma mère, et cela m'a bouleversé.

Son cœur battait encore, faiblement, et sa cage thoracique se soulevait à chaque inspiration, puis s'abaissait à chaque expiration. C'était tout ce qu'il restait de mon père, mais qui méritait bien que nous continuions à le veiller jusqu'à ce que le silence se soit fait aussi dans son corps.

C'était donc bien cela que nous guettions : le silence. Le silence pour signal du départ de la vie sans mon père.

Il n'y avait plus qu'à attendre.

Le rythme de la respiration de mon père était notre métronome, et notre sablier. Il ralentissait progressivement. Chaque inspiration était aussitôt suivie d'une expiration, mais de minute en minute, les inspirations s'espaçaient.

Je me sentais en pleine conscience, plus ouvert que je ne l'avais jamais été. Une éponge, un piège à sensations, à l'affût du moindre bruit, du moindre frisson, aussi connecté à ce qui était en train de se dérouler dans la chambre qu'à l'extérieur, dans l'hôpital et dans la rue. Je me sentais relié au monde, l'esprit plus vif que jamais, les sens plus en éveil.

Je n'avais jamais vécu aussi intensément, sans doute parce que j'avais conscience que j'étais en train de traverser des minutes que je n'oublierais jamais, ce qui n'arrive pas souvent dans une vie. La plupart du temps, on ne se rend compte que bien plus tard, parfois des années après, que tel ou tel événement a été primordial, décisif, ou bien simplement qu'on ne l'a pas oublié ! Là, je savais être en train de vivre l'un des moments les plus marquants de mon existence, qu'elle s'avère courte ou longue. C'était un moment d'histoire, de mon histoire, qui s'écrivait. Le passé, le présent et l'avenir étaient convoqués dans cette chambre d'hôpital et se télescopaient : une foule d'images passées de mon père m'assaillaient en même temps que j'étais concentré sur sa respiration et que j'anticipais le souvenir que je garderais de sa mort.

Parfaitement immobile, je n'avais plus aucune sensation, seulement des émotions et des réflexions. J'étais comme sorti de mon corps, omniscient et doué d'ubiquité.

J'ai su alors, avec clarté, et sans aucune hésitation, à quoi je voulais consacrer ma vie professionnelle.

J'ai repensé au médecin avec qui je m'étais entretenu un peu plus tôt dans le couloir, et je l'ai revu quand il s'éloignait de moi dans sa blouse blanche pour aller s'occuper d'un autre cas que celui de mon père. Mais à la façon d'un rêve, tout était possible dans ce souvenir, et dans cette image mentale, c'était moi qui marchais dans le couloir. Je m'y reconnaissais très nettement, vêtu de la blouse blanche.

Je ne serai jamais boulanger, ce que je savais déjà. Je ferai médecine, et me spécialiserai en gériatrie pour travailler dans une maison de fin de vie, ou à l'étage des soins palliatifs d'un hôpital, pour accompagner les hommes et les femmes jusqu'à la porte de leur mort et tenter par là même de percer, petit à petit, le mystère des dernières heures de la vie de mon père.

Pour cela, j'avais la vie devant moi.

Un silence plus long que les autres m'a fait sortir de mon état de grâce.

Je suis descendu dans mon corps, retrouvant à l'instant les sensations du présent, celle d'être assis sur une chaise, de tenir la main froide de mon père tout en ayant très chaud.

J'ai croisé le regard de ma mère. Comme moi, elle avait été alertée par ce silence plus long que les autres. Mais une nouvelle expiration est finalement venue. Ce n'était pas encore le moment que nous attendions et redoutions en même temps.

Dès lors, la cadence de la respiration de mon père est devenue chaotique, avec de grands blancs, à tel point que je me suis mis à compter entre deux, établissant des statistiques pour me raccrocher au peu qu'il restait.

Comment saurions-nous que la fin était bel et bien là ? Au bout de combien de temps de silence ?

Quatre secondes entre deux respirations. Puis sept. Onze.

Ma mère m'a regardé d'un air interrogatif. Elle semblait s'en remettre à moi, comme si elle savait qu'elle n'aurait pas la force d'admettre que tout serait fini quand plus aucune nouvelle respiration ne surviendrait.

Encore une. J'ai changé de main, prenant celle de mon père avec la gauche, et tendant la droite à travers le drap vers ma mère.

Ainsi, nous nous tenions tous trois les mains, symbolisant notre petite famille en cet instant où l'un de ses membres allait la quitter.

Nous étions tendus, ma mère et moi, concentrés pour ne pas manquer une seule des respirations de mon père, qui étaient de plus en plus faibles, devenant difficiles à percevoir. Déjà, nous avions peur que la dernière soit derrière nous. Comment savoir laquelle serait l'ultime ? S'annoncerait-elle différemment ? Aurait-elle un signe distinctif ?

Dix-sept. Dix-sept secondes cette fois. Je n'avais pas vraiment entendu cette nouvelle respiration, c'est le mouvement de la poitrine de mon père qui me l'avait signalée.

Dix-huit… Dix-neuf… Vingt…

Ma mère m'a regardé. Je me suis concentré, fermant les yeux, entièrement dédié au guet d'un mouvement possible dans le corps de mon père.

Mais rien n'est venu, et j'ai perdu le compte des secondes.

J'ai rouvert les yeux. Ma mère me fixait.

J'ai hoché la tête, presque imperceptiblement.

Maman a ouvert la bouche, a regardé Papa. J'ai vu une larme couler sur sa joue, puis une autre. Elle manquait d'air. Ce qu'elle attendait depuis de longues minutes, ce qu'elle savait inéluctable, elle ne pouvait pourtant y croire.

– Tu es sûr ? a-t-elle murmuré.

Puis elle a lâché ma main et s'est levée pour se rapprocher de mon père. Elle l'a regardé de près, intensément, puis elle a posé sa main sur sa joue pour la caresser.

Elle pleurait en silence et a murmuré quelque chose que je n'ai pas compris, qui n'était destiné qu'à lui. Elle a encore approché son visage et l'a plongé dans le cou de mon père.

J'ai senti mes yeux me piquer, les larmes me venir enfin. Je me suis mis à pleurer en silence, ce qui m'a fait un bien fou. Ce chagrin qui me prenait était juste et entier. Il n'y avait rien d'autre à faire que pleurer, plus aucune question à se poser. J'étais de plain-pied dans le présent, me livrant intégralement à ma peine et à celle de ma mère.

Plus jamais, sans doute, ne me sentirais-je aussi légitime de toute ma vie.

Ma mère s'est redressée, a lâché doucement la main de mon père et a fait le tour du lit pour me rejoindre. Je me suis levé et nous nous sommes serrés dans les bras l'un de l'autre pour pleurer ensemble.

Il n'y avait plus ni mère ni fils, seulement deux orphelins.

Je me rends compte que j'ai froid, que je suis vraiment fatigué. Une nuit blanche avant de prendre une garde n'est vraiment pas conseillée. Mais le mal est fait, que je ne regrette pas, pensant aux petits riens qui influent sur le cours des choses. Sans le retour du rêve du chien noir cette nuit, je n'aurais pas vu avant le matin que ma mère m'avait écrit, je ne serais pas sorti marcher dans la nuit et je n'aurais pas croisé Juliette. Sans doute ne nous serions-nous jamais revus, le souvenir déjà lointain que nous avions l'un de l'autre englouti à jamais dans le trop-plein de nos mémoires.

Nous continuons de marcher sans rien nous dire longtemps après que j'ai terminé mon récit. J'imagine que Juliette pense à la mort de son propre père. Je n'ose plus dire un mot de peur de la déranger, mais surtout de peur de l'entendre me déclarer qu'il est temps qu'elle rentre chez elle.

Il est temps, en effet. Il faut que je rentre aussi, que je me douche, que je prenne un petit-déjeuner avant de partir travailler. Je n'en ai pas du tout envie. Je n'ai pas envie que cette nuit se termine, que le jour se lève. Je me sens soudain fragile et j'ai une brusque envie de prendre Juliette dans mes bras, et qu'elle me serre dans les siens.

– Moi, pour mon père, finit-elle par dire, je n'étais pas là. Je suis arrivée trop tard, il était déjà mort. J'aurais voulu que ça se passe comme pour le tien, qu'il sente ma présence au moment de partir.

Ces mots flottent un instant entre nous, suspendus, puis leur écho finit par se poser en moi, ce que j'y devine de la peine de Juliette, de ses regrets qui doivent l'assaillir de temps en temps comme cela m'arrive aussi quand je pense à mon père, du manque qui doit se rappeler à elle de loin en loin, mais aussi du sentiment qu'elle a, j'en suis sûr, que son père est avec elle chaque jour, au-delà de la mort.

Elle s'arrête de marcher et me sourit. Puis elle lève le visage vers le ciel.

– Il va bientôt faire jour !

– Je sais. Je prends ma garde dans deux heures. J'ai même pas le temps de te raconter la suite !

– La suite ?

– Ma mère, Malina… Et puis, tu sais, si je n'ai pas réussi à dormir, cette nuit, c'est parce que ma mère m'a envoyé une lettre, et que j'ai peur de ce qu'il y a dedans… Alors, comme tu m'as dit que tu étais curieuse !…

Elle sourit encore, pas dupe une seule seconde, me voyant venir avec mes énormes sabots !

Je suis sur le point de lui demander son numéro de téléphone quand je me souviens que je n'ai pas mon portable. Ni rien pour écrire.

J'ai un petit moment de panique, qui me donne le courage de lui dire que puisqu'on s'est recroisés par hasard, ce serait bien qu'on se revoie.

Elle ne dit rien, me laisse ramer.

– J'ai pas mon portable... Pour prendre ton numéro... Et toi ?

– Quoi, moi ?

Décidément, elle ne fait rien pour m'aider.

– Tu as ton portable ? Je... Je pourrais te donner mon numéro. Enfin si ça ne t'embête pas !... Tu m'enverrais un message et comme ça j'aurais tes coordonnées... Pour...

Elle sort enfin son téléphone.

– D'accord. Vas-y.

Je dicte mes dix chiffres, aussitôt persuadé que cela ne servira à rien, qu'elle n'a dit oui que par politesse et qu'elle ne me contactera pas. Persuadé qu'elle m'aura oublié de nouveau d'ici quelques heures, quand le jour sera levé et que nous aurons repris nos activités coutumières, absorbés par nos vies.

– À bientôt, alors ! me dit-elle une fois rempoché son portable.

– Heu oui ! À bientôt...

Nous restons un peu flottants. Doit-on se faire la bise ?

– Au fait ! ajoute-t-elle. Tu m'as pas dit comment il s'appelle, ton chien ?

Cette question me rassure un instant, m'aidant à croire que comme moi, elle n'a pas envie que l'on se sépare.

– Hoshi, je réponds. Ça veut dire « étoile », en japonais.

Juliette me sourit, et puis ajoute « Tchao ! » avant de faire demi-tour, Buldo, son chien, visiblement satisfait de rentrer enfin à la maison.

Je les regarde s'éloigner, puis tourner dans la première rue à droite.

Je me suis fait des idées ! Elle n'avait certainement pas du tout envie de rester plus longtemps avec moi, saoulée par mes paroles, par mon impudeur !...

Une voiture passe près de moi. J'entends aussi le moteur d'un avion, et lève les yeux vers le ciel. Déjà s'y glissent les premiers signes du petit jour, diffus comme une goutte de lait dans le café noir.

Je me sens seul et minable. Comment ai-je fait pour me retrouver tributaire d'un hypothétique message de Juliette ! Je ne me souviens pas de son nom de famille et je n'ai ni son adresse, ni son mail, ni son numéro de téléphone ! Quel con ! Mais quel con !...

Depuis que je vis à Strasbourg, j'ai eu plusieurs petites amies et quelques copains, mais aucun ami comme Barthélemy à qui me confier, comme j'aimerais pouvoir le faire en cet instant. Quelqu'un que je pourrais saouler à propos d'elle après l'avoir saoulée, elle, avec mes histoires de famille !

Nous nous étions promis, Barth et moi, de ne jamais nous perdre quand j'ai quitté l'Eure-et-Loir. Nous y sommes parvenus, et nous nous écrivons régulièrement, par mail ou par SMS. Mais quand même, ce n'est plus pareil depuis qu'il s'est installé avec Malina à la Réunion. Il a moins de temps pour moi, ce qui est dans l'ordre des choses de la vie des adultes.

Je regarde le nom des rues et les façades des magasins pour tenter de repérer jusqu'où ma rencontre avec Juliette m'a conduit. Je ne suis pas loin de chez moi, dix minutes de marche à peine.

Je fais deux pas que le passé me prend de nouveau d'assaut.

Chaque jour est une vie

Il y a eu beaucoup de monde à l'enterrement de mon père. Pour la plupart des inconnus, ou alors des têtes déjà croisées mais sur lesquelles j'étais incapable de mettre un nom. Principalement des commerçants de Chartres et de la région. Deux couples avaient fait le déplacement depuis Ivry-sur-Seine, ce qui a beaucoup touché ma mère. Les propriétaires de l'appartement que mes parents avaient loué des années au-dessus de la boulangerie, et les bouchers qui tenaient la boutique juste à côté de la leur.

Xavier était là, bien sûr, avec sa femme dont il avait eu deux enfants. En les regardant pendant la cérémonie, je me suis demandé s'il arrivait à Xavier de penser à Laura, et si les regrets durent toute une vie.

La plupart de nos voisins de Lèves étaient présents. Je crois que tout le monde aimait mon père. Bien sûr, Sandro, Béatrice et le demi-frère de Malina étaient au premier rang dans l'église, celui réservé à la famille, où ma mère avait tenu à ce qu'ils s'installent, insistant jusqu'à les embarrasser.

Deux jours plus tôt, j'avais demandé à ma mère pourquoi elle tenait à ce qu'il y ait une messe d'enterrement alors que mon père n'allait jamais à l'église. En toute franchise, elle m'avait répondu qu'elle trouvait que les enterrements avaient plus d'allure quand on y mettait un peu de religion et de musique.

Mais bon, l'église Saint-Lazare de Lèves, ce n'était pas non plus la cathédrale de Chartres, et son mur en dalles de verre rivalisait difficilement avec les vitraux du Moyen Âge.

La messe a été ennuyeuse et longue. Le seul moment mémorable a été quand Barthélemy – dont la mère est catholique pratiquante –, qui avait tenu à lire un extrait des Évangiles, s'est pointé près de l'autel sous le micro qui était à un bon mètre cinquante au-dessus de son fauteuil roulant. Il a fait un véritable show pendant que le prêtre, rouge jusqu'aux oreilles, essayait (en vain) de résoudre ce problème technique. Toute l'assistance a fini par se gondoler de rire devant les mimiques de Barth, ce qui nous a fait du bien à tous. Sa lecture, quelques instants plus tard, sans micro, n'en a été que plus poignante.

Une demi-heure après, au cimetière, debout devant le cercueil qui reposait sur de grosses lambourdes en bois installées en travers de la fosse, c'est Malina qui a pris la parole, ce dont elle ne m'avait pas prévenu. Elle a récité une poésie très belle que je ne connaissais pas, et dont j'ai, depuis, oublié le nom de l'auteur, qui est réunionnais. J'ai su plus tard que ce même poème avait été lu à l'enterrement de Sajili, sa mère, quelque quinze années plus tôt.

Puis j'ai vu une femme qui se tenait à l'écart, près de l'entrée du cimetière, semblant ne pas oser avancer. Ma mère l'a repérée en même temps que moi et s'est aussitôt dirigée vers elle. Elles ont échangé deux ou trois mots puis ma mère a passé son bras sous le sien et elles se sont rapprochées. J'ai alors reconnu ma grand-mère Martha, que je n'avais pourtant vue que sur de rares photos vieilles de plus de vingt ans. Sa ressemblance avec mon père, et donc avec moi, était frappante. Quand ma mère me l'a présentée, Martha m'a juste dit, en me faisant une bise bruyante :

– Même pour son enterrement, je suis en retard ! Comment veux-tu que ton père n'ait pas été fâché contre moi ?...

Dix minutes après, j'ai vu que son visage était ruisselant de larmes quand les employés des pompes funèbres ont fait descendre le cercueil dans son trou.

Sandro était près de ma mère, pour la soutenir, et j'ai senti la main de Malina se glisser dans la mienne, ce qui m'a irrité. Je n'ai pas pu m'empêcher de retirer mes doigts, avec une brusquerie que j'ai aussitôt regrettée. Tout en fixant le cercueil qui disparaissait dans la fosse, je sentais le regard étonné et blessé de Malina sur moi.

Ma mère avait organisé un pot à la maison. Elle avait mis les petits plats dans les grands, et la table était couverte de petits-fours salés et sucrés que les employés de la boutique avaient préparés avec « beaucoup de cœur », selon les propres mots de ma mère.

La maison était trop petite pour tout ce monde. Par bonheur, il ne pleuvait pas, et une bonne partie des invités a pu être logée sur la terrasse et dans le jardin. Affolé par cette foule, Hoshi s'était réfugié à l'étage, dans la chambre de mes parents. Avait-il compris que mon père ne reviendrait jamais à la maison ?... J'en étais certain.

Je l'ai rejoint un moment, ayant besoin de quitter la foule, fatigué que tout le monde me dise combien j'avais grandi, et combien je ressemblais maintenant à mon père. Fatigué de sourire et d'être aimable.

Hoshi, couché sur la descente de lit du côté de mon père, a remué la queue quand je suis entré dans la chambre et me suis approché de lui.

Je me suis agenouillé pour le caresser, sentant des larmes s'échapper de mes yeux. J'ai fini par m'allonger et par poser ma tête sur le flanc chaud de mon chien pour pleurer. Hoshi n'a pas bougé mais a poussé à deux ou trois reprises des petits gémissements. Je crois pouvoir dire que nous avons pleuré mon père ensemble, longuement, ce qui m'a permis de me vider complètement du poids de mon chagrin, pour n'en garder que l'essence, avec laquelle je vis très bien depuis.

Une fois apaisé, je me suis demandé si Hoshi reconnaîtrait son père Bugsy s'il le rencontrait. Et moi, si l'on m'avait enlevé à mes parents dans les premiers mois de ma vie, les reconnaîtrais-je tant d'années plus tard ? Ou bien les aurais-je totalement sortis de mon esprit ? Et mon père, s'il avait croisé le sien par hasard, aurait-il ressenti quelque chose, un signe ?

On a frappé doucement. Je me suis relevé en même temps que Hoshi, et Martha, ma grand-mère, a passé la tête à la porte.

– Je peux ? m'a-t-elle demandé.

– Bien sûr.

Elle s'est avancée après avoir refermé la porte derrière elle, m'a demandé le nom de mon chien, m'a dit qu'il était très mignon. Puis elle a regardé la chambre, les photos de famille au mur, dont une qu'elle m'a désignée, que j'aimais beaucoup, sur laquelle j'étais sur les épaules de mon père, pendant un séjour à la montagne, à l'âge de cinq ans.

– Celle-là, je l'ai aussi, a-t-elle dit.

Je n'aurais pas soupçonné qu'elle puisse avoir en sa possession des photos de moi.

– Grâce à ta mère. Sans elle, je ne saurais rien du tout de votre vie à tous ! Elle m'écrivait une fois par an, en janvier, en cachette de ton père. Elle me résumait un peu votre année, et glissait toujours deux ou trois photos dans l'enveloppe.

– Je ne savais pas !

– Sans elle, Antoine aurait balancé mes cartes postales sans te les donner !

– Je les ai toutes gardées, rangées dans une boîte à chaussures.

C'était vrai, et j'ai senti que ça lui faisait plaisir.

– L'air de rien, il avait un foutu caractère, ton père ! Il ne faisait pas de vagues, il était discret, mais c'était une vraie tête de mule ! C'est tout ce qu'il a pris de moi, à part mon pif énorme !

J'ai souri, parce qu'effectivement, mon père, elle et moi partagions ce signe distinctif qu'on ne risquait pas de manquer en plein milieu du visage.

Elle s'est assise sur le bord du lit de mes parents. Elle semblait fatiguée.

Nous sommes restés silencieux de longues secondes. Je me sentais bête, debout devant elle, alors je me suis assis à mon tour, à ses côtés.

Sans me regarder, elle m'a dit :

– Tu sais, ton père en avait un wagon plein de bonnes raisons de m'en vouloir… Je n'étais pas prête, trop jeune… L'instinct maternel, c'était vraiment pas mon truc !…

Elle a marqué une pause, puis a tourné son visage vers moi.

– Je n'ai jamais été une mère pour Antoine, et tu vois, pourtant, aujourd'hui, c'est bien un fils que je perds…

J'ai vu ses yeux se remplir de larmes, ses lèvres se mettre à trembler.

J'aurais voulu la serrer dans mes bras, mais je n'ai pas osé.

PLUS GRAND

Les jours, les semaines et les mois suivants ont été pour moi le terrain d'intenses réflexions.

Alors que ma mère, épaulée par Malina, se raccrochait comme à une bouée de sauvetage à l'organisation de nos fiançailles, sans doute ai-je été peu agréable à fréquenter, solitaire et brusque, mais je me savais protégé par la situation : je venais, à seize ans, de perdre mon père, et quoi que je fasse ou ne fasse pas, tout le monde était prêt à me trouver des excuses.

Je ne me souciais plus du tout de surveiller ma mère, ses allées et venues, ses SMS. Voyait-elle Paul de temps en temps ? Trouvait-elle consolation à ses côtés ? Peu m'importait, réellement. Je ne me posais pas la question, j'y pensais à peine. J'avais bien autre chose en tête.

Les premiers temps, je me suis souvent rendu seul sur la tombe de mon père. Il me suffisait de faire appel à quelques images mentales choisies pour fondre en larmes.

Aussi étrange que cela puisse paraître, c'était très agréable. Le chagrin peut être d'un grand réconfort. Je le recherchais pour rester relié à l'intensité des heures qui avaient entouré le décès de mon père.

Je n'avais jamais rien vécu d'aussi fort, et ne m'étais jamais senti aussi vivant que pendant que mon père mourait.

Plus vivant et plus riche, plus intéressant, plus ambitieux, plus grand…

Cette constatation me rendait perplexe et alimentait ma conviction de plus en plus solide qu'il me fallait, de toute urgence, rompre le courant de mon existence.

De toute urgence, car il n'a pas fallu longtemps pour que mon chagrin se ternisse. Bientôt, les images mentales auxquelles je faisais appel n'y suffisaient plus. En quelques semaines, même en me concentrant debout devant la tombe de mon père, je ne parvenais plus à pleurer pour de bon. Je me sentais chaque jour un peu plus loin de l'intensité à laquelle j'avais goûté, et je devinais que mes souvenirs allaient se ternir comme de vieilles photos dans un album, les couleurs passant petit à petit. Déjà, deux mois après sa mort, j'étais incapable de me rappeler du timbre de sa voix.

Mais je me souvenais des derniers mots qu'il m'avait adressés : « Tu ne sais rien de l'amour. »

J'avais des décisions à prendre. Ou plutôt des résolutions à revendiquer.

Car les décisions étaient déjà prises. Mais j'avais – avant qu'il ne soit trop tard, que la vie normale ait repris son cours anesthésiant, que la mort de mon père ne soit plus qu'un souvenir parmi d'autres, toujours plus lointain et flou – besoin de trouver le courage de les mettre en pratique.

Pour cela, je devais faire face à celui que j'avais été mais que je ne voulais plus être. Cet enfant, en passe de devenir jeune homme, qui avait tant de mal à exprimer son désir, ses désaccords, à s'opposer aux desseins des autres. Capable, je ne le savais que trop bien, de mener une vie dont il n'avait pas envie par peur de contrarier les autres.

Mon instinct me soufflait à l'oreille que c'était maintenant ou jamais. Je devais profiter de l'élan insufflé à ma vie par la mort de mon père.

Je me suis donné jusqu'à l'été pour trouver le moyen d'annoncer à ma mère que je ne serais pas boulanger, et à Malina que je voulais la quitter.

LES BONS MOTS

J'ai commencé par ma mère, car il me semblait tout de même moins difficile de lui dire que voulais faire médecine que d'expliquer à Malina que je désirais me libérer de notre amour qui n'en était pas vraiment un. D'autant que ma mère était sous le choc, fragilisée, elle-même, sans doute, la proie de réflexions sur le cours de sa vie et l'orientation à lui donner. Elle avait trente-neuf ans et, sauf accident, encore la moitié de sa vie devant elle, qui allait se dérouler, contre toute attente, sans l'homme qu'elle avait choisi pour compagnon de route.

Quand, après avoir tourné dans ma tête des dizaines de formulations douces et habiles, je lui ai finalement dit trop abruptement qu'après mon bac, je voulais faire médecine, elle a semblé étonnée, mais sans aucune hostilité ni désir d'en débattre.

– Médecine ? a-t-elle répété. Ah bon ? Et tu sais que tu veux faire ça depuis longtemps ?

– Non. Mais je ne changerai pas d'avis, j'ai affirmé.

– Médecine... C'est bien, c'est magnifique, même ! Beaucoup d'études...

– Entre neuf et onze ans, selon ce qu'on veut faire.

– C'est vrai que tu es tellement bon au lycée...

J'ai repensé à Barthélemy, qui avait vu juste quand, des années plus tôt, il m'avait assuré que mes parents ne pourraient jamais s'opposer à ce que je fasse de grandes études.

– Ton père aurait été surpris, s'il l'avait su... Il aurait été fier de toi.

Ces derniers mots m'ont ému et étonné. Je n'avais pas envisagé les choses ainsi. J'avais toujours pensé que mes parents seraient un obstacle à mes projets quels qu'ils soient tant qu'ils m'éloigneraient de la boulangerie.

Je n'en ai rien dit à ma mère, mais je me suis souvent demandé, et me le demanderai certainement toute ma vie, si j'aurais eu le cran de dire à mon père que je ne voulais pas devenir boulanger comme lui s'il n'était pas mort, si sa vie et la nôtre s'étaient poursuivies comme prévu.

Aurais-je fini par reprendre un jour la boutique s'il avait vécu ? S'il était venu à bout d'Helmut, cet enfoiré de nazi ? Je suis maintenant certain qu'il ne se serait pas opposé à mon choix, et même, sans doute, comme le supposait ma mère, en aurait-il été fier. Je ne suis pas sûr, en revanche, que j'aurais eu le courage de lui dire que c'est ce que je voulais faire. Les principaux obstacles qui se dressent sur notre chemin ne proviennent-ils pas souvent de nous-mêmes ? N'en sommes-nous pas les auteurs inconscients ?

Quand Malina a appris, un peu après ma mère, que je voulais faire médecine, elle a été étonnée que je ne lui en aie jamais parlé.

– Ça fait pas longtemps que j'ai décidé, j'ai plaidé.

– De toute façon, tu ne me dis plus rien.

J'aurais pu en profiter pour embrayer sur ma deuxième grande décision, sa réflexion amère me tendant une perche large comme un tronc d'arbre, mais je n'ai pas osé, redoutant la difficile discussion qui aurait suivi.

Ce n'est que deux mois plus tard que les choses ont été dites, et pas du tout de la façon prévue.

Je me suis entraîné pendant des semaines comme quand, plus jeune, j'essayais d'apprendre à dire *non* devant le miroir, ou quand je promenais Hoshi.

Je cherchais les bons mots pour expliquer à Malina que je ne voulais pas que l'on se fiance, que je ne voulais plus qu'elle vive dans ma chambre, ni sous notre toit, que je ne voulais plus faire ma vie avec elle.

Mais existe-t-il une bonne façon de dire cela ? Des mots magiques qui ne blesseraient pas ? Qui ne feraient pas de peine ?... Bien sûr que non. Ce qui me retenait à l'époque, c'était le fantasme d'une rupture sans douleur, sans rancœur et même sans désamour. Une chimère.

Une date pour les fiançailles avait été arrêtée pour début juillet. J'avais, lâchement, émis l'idée qu'il n'était peut-être pas très décent de faire la fête si peu de temps après la mort de mon père, mais ma mère m'avait répondu qu'au contraire, il fallait contrebalancer la mort par la vie, et que « Antoine » aurait été d'accord.

C'était ma mère qui était la plus active dans les préparatifs, Malina sur la réserve depuis des semaines, sentant bien que je traînais des pieds et que je n'étais plus le même avec elle.

Mentalement, je me suis fixé une date limite pour lui parler : le 15 juin.

Mais tout s'est décidé le 13, finalement.

13 JUIN

Les soirées de juin sont si longues et douces qu'elles donnent l'illusion qu'il pourrait en être de même pour la vie.

Malina, qui avait fait un voyage à la Réunion avec son père quand elle avait dix ans pour découvrir la région où se nichaient ses origines, m'avait dit à son retour que la nuit, là-bas, tombe très tôt, et très brusquement, ce qui lui avait fait très bizarre. Elle m'avait dit précisément: «C'est l'heure d'hiver en plein été!»

Plus la date que j'avais fixée pour lui parler approchait, plus je sentais ma volonté s'amollir. Pourquoi gâcher ce printemps? L'année n'avait-elle pas été assez rude comme cela? Pourquoi ne pas me laisser un peu de répit? Le printemps, l'été… S'il n'y avait pas eu cette fête de fiançailles, je crois bien que j'aurais jeté l'éponge et remis à plus tard, au risque d'enterrer définitivement ma belle détermination.

Ce sont les fiançailles programmées qui m'ont aidé à ne pas flancher. Accepter de me fiancer avec Malina dans l'état d'esprit qui était le mien aurait été vraiment trop malhonnête et lâche.

J'ai donc continué de me préparer mentalement malgré les tentations du printemps, ne cessant de tourner en boucle dans ma tête mon discours de rupture.

Mais le 13 juin au soir, quand il a été l'heure de nous mettre au lit, au moment de nous souhaiter bonne nuit, Malina s'est mise à m'embrasser comme cela ne lui était pas arrivé depuis longtemps.

Nous n'avions plus fait l'amour depuis la mort de mon père. Je me suis laissé faire.

La fenêtre était ouverte sur le jardin, la nuit tombait à peine. Je regardais Malina, sa peau cuivrée, ses seins petits et dressés, son nez fin, ses cheveux longs et bruns. J'ai été frappé par sa beauté, comme si c'était la première fois que j'en prenais pleinement conscience.

Elle avait les yeux fermés et semblait danser sur moi.

J'ai alors vu apparaître entre ses cils une bulle de lumière, qui a éclaté en larme se mettant à couler sur sa joue. Puis une autre...

Malina pleurait. Elle me faisait l'amour en pleurant, de plus en plus à mesure que notre étreinte s'intensifiait.

C'était à la fois profondément triste et excitant.

Malina a cessé de cacher son chagrin. Elle a ouvert les yeux, me regardant bien en face, tout en imprimant un rythme plus soutenu à nos corps. Elle sanglotait maintenant, sans plus de retenue, poussant des gémissements dans lesquels se bousculaient plaisir et tristesse. Elle a tendu les bras et a agrippé mes cheveux, fort, me faisant mal, et a joui peu avant moi, étouffant un dernier sanglot dans mon cou alors que, mes bras passés dans son dos, je l'ai serrée contre moi, à bout de souffle, stupéfait.

Elle n'a pas bougé pendant quelques minutes puis, sans un mot, s'est glissée hors du lit, a enfilé un long tee-shirt et a enjambé la fenêtre pour disparaître dans le jardin.

Toujours allongé sur le dos, j'essayais de comprendre ce qui venait de se passer. L'idée qui m'est venue est que nous venions de faire l'amour véritablement pour la première fois. Et sans doute la dernière.

Je me suis levé à mon tour. Je savais où Malina était partie se réfugier. Je savais où elle m'attendait, car cette façon qu'elle avait eue de sauter par la fenêtre, comme cela lui arrivait quand nous étions enfants, était une invite à la rejoindre.

Après tout, pourquoi attendre le 15 juin ? Ce qui venait de se passer m'imposait de parler sans plus attendre, et j'étais décidé à le faire quand j'ai enjambé le montant de la fenêtre.

Comme prévu, Malina était dans le champ où, des années plus tôt, nous étions allés voir ensemble les étoiles filantes.

Elle était assise, son long tee-shirt emprisonnant ses genoux remontés contre sa poitrine, autour desquels elle avait noué ses mains.

Je me suis assis près d'elle.

La nuit, encore jeune, était douce, presque chaude. Des voitures passaient au loin, derrière les champs, sur un tronçon de route récent au bord duquel avait été bâti un ensemble de bâtiments destinés à accueillir des bureaux. Autant de lumières qui nous auraient empêché de voir des étoiles filantes si nous en avions eu le cœur.

Mais nous étions là tous les deux pour bien autre chose.

J'ai pris une bonne inspiration avant de dire :

– Malina...

– Faut qu'on parle, Nicolas.

Elle m'appelait toujours Nico, sauf quand elle était en colère ou quand l'instant était grave, mon prénom complet refaisant alors surface.

– Faut qu'on arrête, a-t-elle ajouté.

– Qu'on arrête quoi ?

– Tout. Nous.

J'ai senti un nœud se former en moi. Elle a poursuivi.

– Ça va pas. Ça va plus... On devient tristes tous les deux. Je crois que ça ne nous réussit pas de grandir !... Ça ne réussit pas à « nous ». C'est comme si on se refermait, on s'enfermait alors que l'amour, au contraire, ça doit ouvrir, tu crois pas ? Ça doit rendre tout possible sauf que j'ai l'impression que notre histoire nous «empêche», comme si elle nous... rendait lourds...

Malina était en train de me dire, bien mieux que je n'aurais su le faire, ce que j'avais prévu de lui annoncer, et soudain je prenais peur.

– Tu ne ris plus jamais, et ce n'est pas à cause de la mort de ton père. Moi non plus, je ne ris plus. Tu ne m'embrasses plus, tu ne me prends plus la main. Je ne peux pas m'empêcher de faire attention à tous ces détails, à tout ce que tu faisais et que tu ne fais plus. Et je me déteste quand je suis comme ça !... J'ai l'impression que ce que tu aimais en moi, avant, ça t'énerve, maintenant.

– Mais non, n'ai-je pu m'empêcher de dire, comme s'il fallait absolument que je me défende, et aussi que je défende notre couple alors même que, depuis des mois, je n'aspirais qu'à y mettre fin !

– Mais si ! a insisté Malina. Et c'est pareil pour moi ! Je me sens impatiente, vite agacée. Je deviens chiante... Des fois, j'ai l'impression qu'on a cinquante ans, toi et moi ! Un vieux couple fatigué l'un de l'autre... Mais en fait : on est un vieux couple ! On a seize ans et on est un vieux couple, Nicolas ! C'est pas normal... Je me sens vieille. Usée. C'est pas normal...

Elle s'est tue, sans doute pour me laisser réagir, et j'ai senti que je me recroquevillais à l'intérieur, et que j'allais devenir mutique. J'ai senti que j'étais sur le point de me mettre à bouder et à jouer les victimes. À lui laisser le mauvais rôle alors que je l'avais rejointe dans ce champ pour la quitter.

Ça aurait été facile. Trop facile. « Comment tu peux me faire ça ? Et nos fiançailles, dans trois semaines ! Et mà mère ! T'as pensé à ma mère ? Au chagrin que ça va lui faire alors qu'elle vient juste de perdre son mari. Comment tu peux *nous* faire ça ? » Là, j'aurais écrasé une larme, et puis, j'aurais même pu prendre une voix un peu agressive pour l'accuser d'avoir quelqu'un d'autre dans sa vie, de me tromper, de me plaquer pour un autre. Ça aurait été facile tant, je le comprenais à l'instant à cause de cette tentation, il était finalement plus facile d'être quitté que de quitter.

J'aurais pu faire ça, et j'ai même failli le faire. Ce qui m'a retenu, je crois, c'est la certitude qu'ensuite, je me serais vraiment senti comme une merde.

Alors je l'ai regardée, et je lui ai dit qu'elle avait raison, que ce n'était effectivement pas normal.

– Écoute, Malina. Tout ce que tu m'as dit, là, j'arrête pas d'y penser depuis des mois.

– C'est vrai ?

– Oui. Depuis la mort de Papa. Avant, même...

– Tu dis pas ça pour me faire plaisir, pour me faciliter les choses ?

– Non.

– Juré ?

– Juré.

Elle a eu un drôle de soupir. Je l'ai regardée, et j'ai eu l'impression qu'elle était à la fois soulagée et vexée. Un peu comme moi, depuis quelques minutes.

– C'était ça, alors ? a-t-elle demandé.

– Ça quoi ?

– C'est pour ça que tu étais bizarre ! Distant…

– J'imagine, oui.

Elle a hoché la tête.

– Alors, tu ne m'en veux pas ?

– Non.

– T'es même content, en fait !

J'ai senti, au ton de sa voix, que le terrain était miné, que si je répondais *oui*, elle en serait blessée et deviendrait amère. Prudemment, j'ai dit : « Non. Pas vraiment. »

– Et toi ? j'ai ajouté.

– Moi ?… Je ne sais pas. Oui, d'une certaine façon. Parce que ce qu'on est en train de se dire, en fait, c'est une bonne nouvelle !

– On peut dire ça…

Après un court silence, elle a ajouté :

– Alors, pourquoi j'ai envie de pleurer ?

– Moi aussi, j'en ai envie !

Ce qui était vrai. Je sentais toute l'affection et la tendresse que je portais à Malina se ramasser en moi, prêtes à rétropédaler, paniquées à l'idée de ce qui était en train de se passer. Il était si tentant de faire un pas en arrière et d'oublier les vérités que nous venions de nous dire plutôt que de sauter dans le vide, dans la vie sans «nous», dont nous savions si peu.

– Pourtant, on devrait pas être tristes ! a ajouté Malina.

Avec une main, elle a essuyé une larme sur sa joue, puis une autre. Riant et pleurant à moitié, elle a déclaré, comme une boutade, qu'on devrait garder la date des fiançailles, pour fêter notre rupture.

J'ai essayé de rire aussi, mais n'y suis pas parvenu.

Nous sommes restés un moment sans bouger, sans parler, puis Malina m'a dit qu'elle avait envie de rentrer.

Nous sommes retournés à la maison, nous tenant par la main sur le chemin entre les jardins des voisins, fragiles, démunis.

Puis nous nous sommes blottis dans le lit, nous accrochant l'un à l'autre, éperdus de peur et de tendresse, finissant par nous endormir enlacés.

Le lendemain, à la grande stupeur de Sandro, de Béatrice et surtout de ma mère, Malina est retournée s'installer dans son ancienne maison, montant un matelas sous les toits, dans les combles aménagés, puisque son ancienne chambre était devenue celle de son demi-frère.

Ma mère a beaucoup pleuré ce soir-là, mais moi, en me couchant seul dans ma chambre, je me suis senti léger et libre. Et j'étais certain que Malina ressentait exactement la même chose à quelques dizaines de mètres de là, sous les toits, chez Sandro et Béatrice.

À la rentrée scolaire suivante, en nous pressant avec tous les élèves devant le tableau d'affichage, Malina et moi avons découvert que, comme par miracle, pour la toute première fois, nous ne serions pas dans la même classe.

Visiblement, Hoshi, lui, a bien dormi. En pleine forme, il me fait la fête alors que je rentre éreinté dans mon studio. Le pire, c'est qu'il va falloir que je ressorte pour sa promenade matinale avant que je ne le confie à la gardienne et que je file prendre ma garde !

La fatigue s'est glissée dans les moindres recoins de mon corps. J'adorerais me coucher directement et pour le coup, je suis certain que je m'endormirais en un instant.

Mais c'est hors de question. Il me reste une heure et demie pour me préparer, me doucher, avaler un petit-déjeuner, promener Hoshi, le confier à la gardienne et filer prendre le bus.

Et avant tout cela, je veux lire le message que m'a envoyé ma mère, convaincu désormais qu'il serait stupide de le remettre à plus tard. Et peut-être, je me dis, alors que la lumière grise du petit jour entre par la fenêtre, que son contenu est tout à fait anodin, et que j'aurais mieux fait de le lire tout de suite plutôt que de passer la nuit à ruminer le passé.

Sauf que je n'aurais pas croisé Juliette.

Juliette dont je sens la présence en moi, sous la forme d'un gros creux dans le ventre. Juliette que, j'en suis convaincu, j'ai perdue à peine retrouvée.

L'image de la petite station-service minable où nous avons bu du café me traverse furtivement l'esprit, laissant dans son sillage une traînée de nostalgie et de détresse.

Je soupire. Je me secoue pour m'empêcher de sombrer dans l'auto-apitoiement, puis m'assieds par terre, devant la table basse. Hoshi vient se mettre à mes côtés et commence à me lécher l'oreille. Je souris en pensant que ce chien lit vraiment à travers moi.

– Ça va, tu sais, je lui dis, t'en fais pas. Je vois vraiment pas ce qu'elle pourrait m'annoncer d'extraordinaire, Maman !

S'il pouvait me répondre, je suis sûr que mon chien me dirait que le problème n'est pas tant ma mère que cette fille à qui je viens de raconter ma vie dans la rue !

Je préfère revenir à ma mère, me disant que c'est sûrement à propos de Paul qu'elle m'a écrit, puisque je ne lui ai jamais révélé que j'étais au courant. Si ça se trouve, elle a décidé de vivre avec lui, de déménager à Saint-Piat, et elle veut simplement me mettre au courant ! *Nous* mettre au courant, puisque son mail est aussi adressé à Malina ! Pourquoi, si c'est à propos de Paul, lui en parler à elle aussi ?

Elles se téléphonent bien plus souvent que ma mère et moi ne le faisons, et je ne vois pas pourquoi tout cela, aujourd'hui, devrait subitement l'intéresser !

Je soupire, et me dis que je n'ai qu'à lire cette foutue lettre, comme ça j'aurai les réponses à mes questions et, surtout, je serai débarrassé.

D'un léger mouvement de souris, je ranime mon écran.

Outlook est toujours ouvert. Deux autres messages sont arrivés pendant ma virée nocturne, l'un pour me vendre du Viagra (merci, tout va bien de ce côté-là !), l'autre un crédit immobilier sur vingt-cinq ans. Direct à la corbeille.

Enfin, je clique sur la pièce jointe au message de ma mère.

CE QU'IL VOUS FAUT SAVOIR

Mes chéris,

Mes amours,

Il n'est pas facile, ce message que je commence à vous écrire.

Je l'ai débuté mille fois, mais je l'ai toujours envoyé à la corbeille. Ça fait des années que j'y pense, et j'avais finalement pris la décision de ne plus l'écrire et de continuer de garder pour moi ce que je tais depuis si longtemps. J'avais réussi à me convaincre que c'était mieux pour vous deux.

Mais la nouvelle, Malina, que tu vas bientôt avoir un enfant avec Barthélemy change tout. Tu as eu la gentillesse de me l'annoncer en me disant que j'allais être grand-mère, et cela m'a bouleversée. Je t'ai élevée comme si tu étais ma fille, mais je n'ai jamais oublié que je n'étais pas ta mère. Alors que tu me dises que je serai la grand-mère de ton enfant, et que Nico en sera le parrain, est le plus beau des cadeaux. Mais qui change tout, aussi.

Je veux que rien ne pèse sur cet enfant, fille ou garçon, qui sera bientôt parmi nous. Je crois que nous héritons tous à la naissance d'une partie du bagage de nos aînés. Des choses que l'on sait, d'autres qui sont secrètes. Et je pense que les secrètes pèsent bien plus lourd encore...

Vous ne savez pas tout de moi, tous les deux. Loin de là.

J'ai un aveu à vous faire. Un terrible aveu après lequel, j'en ai peur, plus rien ne sera pareil. Après lequel, Nico, tu auras certainement l'impression que ta mère est une étrangère. Après lequel, Malina, tu ne voudras sans doute plus de moi comme grand-mère pour ton enfant.

Mais tant pis. Il faut que cet enfant arrive dans un monde sans ombres. Qu'il soit accueilli dans une famille sans secrets ni mensonges. Je ne veux pas que mes fautes passées pèsent sur lui un jour.

Alors voilà. Je me lance. Et cette fois, quand j'aurai terminé cette lettre, je cliquerai sur « envoyer » sans la relire et sans réfléchir.

Pour commencer, il faut que vous sachiez qu'il y a eu un autre homme dans ma vie que Antoine. Je ne vais pas vous en parler, mais vous ne pourriez pas comprendre la suite sans le savoir.

J'aimais ton père, Nico. Il était l'homme avec qui j'avais décidé de faire ma vie, de fonder une famille, et de vieillir. Je ne vieillirai pas avec lui parce qu'il ne sera jamais vieux. Mais je l'ai aimé chaque jour depuis notre rencontre, et je l'aime toujours des années après sa mort.

Mais j'avais rencontré un autre homme, avant ta naissance, Nico, que j'ai aimé aussi, même si différemment. Quand je l'ai rencontré, nous vivions encore à Ivry-sur-Seine, Antoine et moi. Lui vivait à une quinzaine de kilomètres de Chartres, à la campagne. Je le voyais de temps en temps, en cachette, bien sûr, sous prétexte de rendre visite à Virginie.

Ton père n'a jamais rien su, Nico. Il n'en a donc jamais souffert. Je n'aurais pas supporté qu'il en souffre. Mais donc, oui, je lui mentais pour pouvoir retrouver cet autre homme que j'aimais aussi. Ce n'était pas facile, mais c'était comme ça. Ma vie était comme ça, à l'époque.

Un jour, c'était un lundi, jour de fermeture de la boulangerie d'Ivry, je suis repartie de chez lui en retard. J'avais une bonne heure de route et je ne voulais pas avoir à donner d'explications à Antoine. Tu étais bébé, Nico, tu étais avec moi. Tu dormais quand je t'ai accroché dans ton siège auto. J'ai sauté au volant. La nuit venait de tomber. J'ai roulé vite pour traverser le village. J'ai soudain entendu un gros bruit, un choc. Je n'avais rien eu le temps de voir. J'ai pilé. Dans mon rétroviseur, j'ai vu un corps allongé au milieu de la chaussée. J'ai compris tout de suite. J'avais percuté quelqu'un.

Je tremblais, mon cerveau marchait à cent à l'heure. Je n'étais pas censée être dans cette rue, ni dans ce village. J'avais officiellement passé la journée avec Virginie, à Chartres, pas chez mon amant dans un village de la vallée de l'Eure. Si Antoine apprenait que j'avais renversé quelqu'un dans cette rue, j'allais devoir trouver une justification à ma présence dans ce village où habitait mon amant. Il finirait par découvrir la vérité, et je risquais de le perdre, lui le père de l'enfant qui dormait à l'arrière de ma voiture.

Il n'y avait personne dans la rue. Personne n'avait pu me voir.

Je crois que tout ça, la folie de toutes ces pensées qui se bousculaient dans ma tête, n'a pas duré plus de vingt secondes.

J'ai pris la fuite. Je suis rentrée à Ivry en tremblant et en pleurant.

Le feu avant droit de la voiture était cassé à cause du choc. J'ai dit à Antoine que je l'avais trouvé comme ça en reprenant ma voiture, et que c'était pour ça que j'étais en retard.

Je n'ai pas dormi de la nuit. Le lendemain, j'ai appelé Virginie et je lui ai tout avoué. Elle a acheté le journal local et a appris qu'une femme s'était fait renverser par un chauffard la veille à la sortie du village en question, et qu'elle était morte une demi-heure plus tard dans l'ambulance qui l'emportait vers l'hôpital de Chartres.

J'ai cru, en apprenant ça, que le sol s'ouvrait sous mes pieds. Ma première idée a été de me rendre à la police. Mais je n'ai pas eu le courage de le faire. C'était non seulement avouer que j'avais laissé cette pauvre femme sur le sol après l'avoir renversée, mais aussi avouer à Antoine que je le trompais.

Aucun témoin n'avait vu le chauffard. Rien ne pourrait guider les policiers jusqu'à moi.

J'ai fait le mauvais choix. Le pire des choix. Je n'ai jamais cessé d'y penser depuis. Pas un seul jour.

Malina, cette femme que j'ai renversée en voiture, c'était ta mère. C'était Sajili.

Je me suis renseignée. Elle avait un enfant du même âge que le mien. Ce jour-là, elle avait passé l'après-midi chez une amie qui habitait le même village que mon amant.

Personne n'a jamais su qui avait renversé ta mère, Malina. L'enquête n'a jamais rien donné. Je n'ai jamais été inquiétée. Mais j'étais comme folle. Folle de remords, de honte. Folle.

Un psy expliquerait ça mieux que moi sans doute. À l'époque, je n'avais pas pleinement conscience de ce que je faisais. J'ai cherché à savoir qui était la famille de Sajili, j'ai trouvé l'adresse de son mari, de ton père, Malina. Je me suis rendue à Lèves. Je me suis garée près de la maison de Sandro, et j'ai fini par le voir arriver, sortant de sa voiture le plus beau bébé que j'avais jamais vu, la plus belle petite fille.

Je suis restée longtemps dans la voiture à pleurer. Puis j'ai vu, sur le terrain voisin de la maison de Sandro, un panneau indiquant «à vendre».

J'ai voulu croire à ma rédemption. J'ai voulu croire à la résilience. J'ai voulu réparer. J'aurais donné ma vie pour te rendre ta mère, Malina. Mais c'était impossible. Alors je t'ai donné une partie de ma vie, ma famille, et tout mon amour pendant les quinze années qui ont suivi.

Mais ça n'a rien réparé, bien sûr. On ne répare pas l'irréparable.

Voilà, vous savez tout désormais.

Je vous aime tous les deux. Je vous aime tant.

Isabel

Je suis immobile sous le jet brûlant de la douche. Les mots que je viens de lire dansent dans ma tête et dans mon ventre. Ils me labourent.

Mais petit à petit l'eau chaude me délasse, me défatigue, me vide.

Je ne veux pas être en retard pour prendre ma garde. Il faut que je sorte de la salle de bains. Il le faut, mais je n'ai pas le courage de le faire, de rejoindre la réalité, comme certains matins où il semble impossible de s'extirper du lit et où le sommeil vous reprend par petits sauts de cinq ou dix minutes.

Ce sont les faibles capacités de mon chauffe-eau qui me forcent à m'arracher à cet état second. L'eau tiédit dangereusement. Elle sera bientôt glacée !

Je dérape en posant le pied sur le carrelage humide et manque de m'étaler de tout mon long. J'attrape une serviette, frissonnant.

Hoshi est assis près de la porte d'entrée.

– Oui, je sais ! je lui dis en nouant la serviette autour de ma taille. J'arrive. On va promener.

Il remue la queue.

Les mots du message de ma mère repassent à l'attaque et menacent de me submerger de nouveau. Je parviens à les repousser. Pas maintenant ! Pas le temps !...

J'entends mon portable qui bipe. Où ai-je encore bien pu le fourrer, celui-là ? Je passe mon temps à lui courir après... Une fois, après une demi-heure de recherches frénétiques, je l'ai retrouvé dans le bac à légumes du frigo !

Ma serviette glisse. Je me retrouve à poil. Je jure dans ma barbe de trois jours. En plus, il faut aussi que je me rase !

Je déniche enfin mon téléphone sous la couette en boule. Classique.

J'ai reçu un SMS. Un numéro qui n'appartient pas à mon répertoire.

Quoi encore ?!

Je pense : « J'ai eu ma dose aujourd'hui ! »

J'ouvre tout de même le message, inquiet.

Mais je retrouve le sourire en le lisant.

« N'oublie pas que tu dois me raconter la suite ! Tu as mon numéro maintenant... Alors, à bientôt, j'espère. J'espère VRAIMENT !

Juliette (curieuse comme une chouette !) »

TABLE DES MATIÈRES

Cet ouvrage a été achevé d'imprimer sur Roto-Page sans promesse d'éternité
pour le compte des éditions Thierry Magnier
par l'Imprimerie Floch à Mayenne en mai 2016
Dépôt légal : août 2016
N° d'impression : 89756

Imprimé en France